"안녕하세요, 저는
찌예 오르이네
그라암바르라고
함.뉘.다."

또박또박 말하는 모습이 재밌었다.
아이가 미리 상당히 공들여 인사를 준비했음 알 수 있었다.
그 모습이 대단히 귀여워 보여 웃지 않을 수 없었다.
하지만 다가가 머리를 쓰다듬는 행동은 하지 않았다.
마음은 당장이라도 껴안고 귀여워해 주고 싶었지만,
좀비의 모습이 어떤지 잘 알고 있었으니까.

지이잉!
아름다운 섬광이 공기를 가르고 쏘아졌고,
보비의 머리로 떨어지던 거대한 팔이 허공으로 날아올랐다.
루제플의 어깨는 강한 힘을 전달하고 있었으나,
그 모든 운동에너지의 정점에 위치해야 할 주먹은 허공에 떠 있었다.

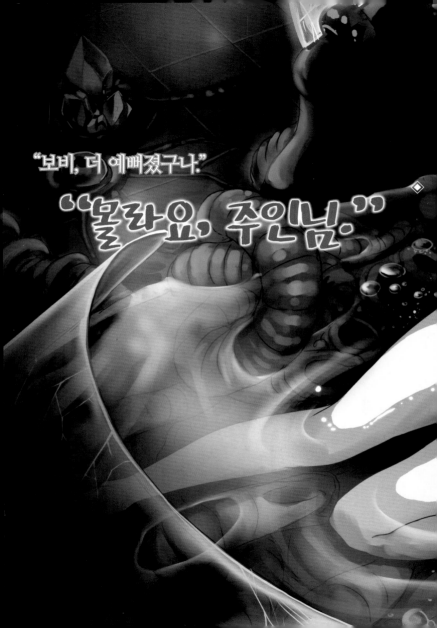

변한 그녀의 외형에 시선이 떨어지지 않았다.
더욱 커져 174센티에 달하는 키는 마치 늘씬한 모델처럼 보였다.
아니, 모델 중에서도 저런 몸매는 찾기 어려우리라.
다리가 길면서, 엉덩이와 가슴의 굴곡 역시 아주 착실했다.
어두운 하늘색이던 피부는 좀 더 밝고 화사한 하늘빛으로 변했다.
마치 달빛을 발라 놓은 듯 은은하고 신비로운 색이었다.
은빛 머리칼 역시 진주가루를 뿌린 듯 반짝이고 있었다.

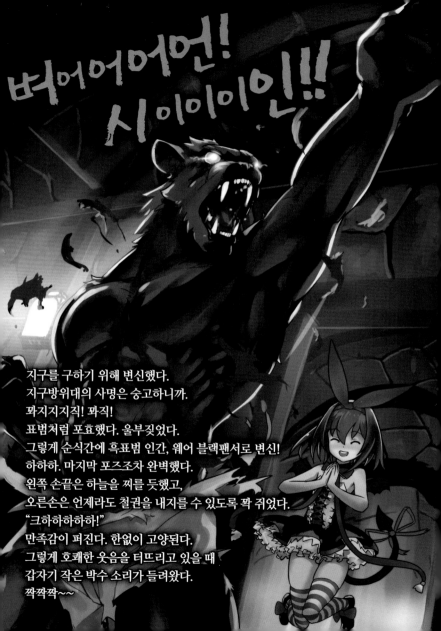

벼어어어어언!
시이이이이인!!

지구를 구하기 위해 변신했다.
지구방위대의 사명은 숭고하니까.
쫘지지지직! 쫘직!
표범처럼 포효했다. 울부짖었다.
그렇게 순식간에 흑표범 인간, 웨어 블랙팬서로 변신!
하하하. 마지막 포즈조차 완벽했다.
왼쪽 손끝은 하늘을 찌를 듯했고,
오른손은 언제라도 철권을 내지를 수 있도록 꽉 쥐었다.
"크하하하하하!"
만족감이 퍼진다. 한없이 고양된다.
그렇게 호쾌한 웃음을 터뜨리고 있을 때
갑자기 작은 박수 소리가 들려왔다.
짝짝짝~~

던전의 주인님

DUNGEON MAJESTY

수인님

1 글 박제후
일러스트 황주영

길찾기

CONTENTS

일러스트 PIRATA   **디자인** 백진화   **교정** 오창성, 정성학   **마케팅** 이승우   **편집·주간** 박관형

DUNGEON MAJESTY

1

1. 프롤로그

악의 숨결은 한 순간이라도 더 허용할 수 없다!

포터블 게임기 SPS의 액정에서 멋들어진 기사가 결정 대사를 쏟아내고 있다.

즉, 필살기를 쓰기 직전이란 소리.

곧 황금빛 번개가 적에게 작렬하고, 꽤 애먹인 보스가 잿더미로 변해 사라진다.

겨우 이겼군.

식은땀이 날 정도로 집중한 전투였는데 다행히 로드 몇 번 하지 않고 클리어할 수 있었다.

수고했다고, 오토 경.

지금 하고 있는 게임은 〈멸절의 기사 오토〉란 작품이다. SPS에서 선풍적인 인기를 끌고 있는 RPG대작으로, 이렇게 재밌는 게임은 처음이었다.

무엇보다 주인공 오토 경이 너무 좋았다. 황금 갑주를 입은 그는 요즘 주인공과 다른, 고전적인 주인공이었다. 최근에 볼 수 있는 게임이나 소설 속 주인공은 영악하고 오만해서 반쯤은 악당이나 다름없는 느낌을 준다. 세태를 반영한 것이지만 고전적이고 근사한 영웅을 좋아하는 내겐 별로 맞지 않았다.

하지만 오토 경은 다르다. 마치 서사시에 등장하는 주인공처럼 말하고 행동거지가 근엄하다. 요즘 트렌드와는 좀 다르지만, 오히려 그런 면이 선풍적인 인기를 일으켰다. 게다가 대개 그런 고풍스러운 대사들은 듣기에 심히 오글거리기 마련이나, 오토 경이 하면 잘 어울리고 납득할 만했다.

오토 경은 그래서 정말 특별한 영웅이었다.

비록 게임 속 캐릭터에 불과했지만 그런 오토 경을 같은 사내로서 존경하고 있다. 특히 꺾일 줄 모르는 의지는 황금빛 번개를 자유자재로 쏘아대는 그의 무력 이상으로 반짝거렸다.

나약하고… 현실에 순응하고 그냥 되는대로 살아가는 나에게는 더욱.

"후우……."

가벼운 한숨과 함께 버스의 차창을 내다보았다.

지금 나는 수학여행을 마치고 집으로 돌아가는 길이다. 경주에서 서울로 올라가는 중인데, 중간에 단양에 들러 동굴 탐사를 하는 일정이 하나 남아 있긴 하다.

뭐, 아무렴 어떠냐.

지루한 수학여행이다. 어서 끝나길 바랄 따름이다.

주변에서 떠드는 소리가 요란했지만 나는 혼자였다. 딱히 따돌림 당하는 건 아니다. 우리 반에 그렇게 나쁜 놈들도 없고. 그냥 부적응자라고 할까.

나는 반 친구들이 불편했다.

대화가 잘 통하지 않고 어리게 느껴질 때가 많았다. 정확히 얘기하자면 애들이 날 어려워하고 있었다.

언제부터였을까. 이렇게 혼자가 된 건.

아마 고1이던 작년에 성추행하던 교사와 대판 싸운 뒤였던 듯하다. 으슥한 곳에서 같은 반 여자아이를 추행하던 선생을 발견했고, 앞뒤 안 가리고 돌격했던 그 일 말이다.

정신을 차렸을 때 내 주먹에는 피가 묻어 있었다. 다행히 문제는 원만하게 끝났지만, 교내에 온갖 소문이 돌았다. 돌로 머리를 찍었다, 그 이름도 잘 기억 안 나는 여자애, 그리고 교사와 삼각관계다, 등등.

학교에서 숨 쉬는 공기가 불편해질 정도의 오해가 쏟아졌다.

도와준 여자애에겐 감사 인사도 받지 못했다.

그런 거다.

인생이란 그런 거라고 고1의 나는 절감했다. 부조리했지만 입을 다물고 아이들로부터 멀어졌다.

뭐, 게임 속의 오토 경처럼 후광이 비추는 영웅은 아니더라도 '좋은 반 친구' 정도는 되고 싶었던 적도 있다. 하지만 그날의 폭행 사건 이후 나를 둘러싼 터무니없는 편견에 질려 이제는 그냥 아무래도 상관없었다.

따분하군.

끝도 없이 이어지는 차창 밖, 논의 경치처럼 따분했다.

"주윤아."

그때 미성이 귓가를 파고들었다.

누가 말을 건 것인가 의아했으나, 곧 상황을 파악할 수 있었다. 반에서 겉도는 내게 유일하게 다가오는 인물이다.

솔직히 귀찮다. 그리고 그 때문에 쏟아지는 다른 녀석들의 시선도 짜증스럽다.

"왜?"

그 탓에 좀 퉁명스러운 목소리가 나가고 말았다.

"아! 미안."

예쁘장한 여자애가 조금 놀란 표정으로 움츠러들었다. 어깨까지 오는 머리칼에 앞머리는 핀으로 잘 고정한 귀여운 인상이다. 피부는 하얗고 단정하기 짝이 없는 소녀.

반장, 남지은이었다.

그녀는 반장이란 직책 때문인지 가끔 이렇게 먼저 말을 걸어 왔다.

야…, 배려는 알겠는데 오히려 더 불편하다고.

너도 벌칙 게임처럼 느껴지지 않아?

지금 뒤에서 쏟아지는 시선이 느껴지지도 않는 거냐?

사내 녀석들은 반의 프리마돈나 같은 남지은이 외톨이 녀석에게 살갑게 구는 모습이 탐탁지 않아보였다. 그리고 여자애들은 남지은을 이해 못하겠다는 듯, 걱정스러운 얼굴이었다.

그래. 불량한 내가 위협이 될까 걱정도 되겠지.

모두의 반장님이시니까 말이야.

"…이거. 먹으라고, 과자야."

남지은이 조심스레 과자를 내밀었다.

매번 퉁명스럽게 대했던 것 같은데 넉살도 좋은 녀석이다. 항상 이렇게 뭔가를 주고는 하니까, 나도 이젠 나름 익숙해졌다. 그냥 빨리 받고 대화를 끝내는 게 서로 편하다.

"그래."

그 한 마디가 다였다. 과자를 낚아채듯 잡아서는 차창으로 시선을 돌렸다. 별생각 없이 뜯어먹었는데, 차창의 유리에 빙긋 웃고 있는 남지은의 얼굴이 비쳤다.

살짝 민망함이 몰려든다.

어쩐지 저 녀석 때문에 언젠간 손해 볼 것 같단 말이야.

내가 촉이 좀 좋은 편인데 조심하는 게 좋지 않을까 싶다. 공연히 오해해서 내 마음만 흔들리는 일도 없어야 할 테고.

그런 생각을 하다 스르륵 눈이 감겼다.

"으윽……."

별로 컨디션이 좋지 않다.

잘 자다 버스 밖으로 끌려 나왔으니 멍할 수밖에.

지금 우리 반은 단양의 온달 동굴 앞에 모여 있다. 이곳이 이번 수학여행의 마지막 방문지다.

사실 원래는 단양에서 가장 유명한 고수 동굴에 가기로 했다. 한데 운이 나빠 몇 개 고등학교의 일정이 겹치고 말았다. 이대로라면 시간 내에 학생들이 모두 고수 동굴을 둘러보지 못하게 되지라, 계획이 바뀌었다.

단양에 고수 동굴만 있진 않다. 상대적으로 지명도가 떨어지지만, 천동 동굴과 온달 동굴도 있다. 그런고로 몇 개 반은 다른 동굴로 가게 됐다.

그중 우리 반만이 온달 동굴로 오게 되었다. 듣자니 온달 동굴은 입장료도 따로 없고 가장 한적한 동굴이라고 했다.

"선생님은 여기 있을 테니까, 적당히 한 바퀴 돌고 나와. 난 동굴은 추워서 싫다. 반장!"

"네."

"애들 관리 잘하고. 대강 보고 나와."

"네. 알겠습니다."

매사 늘 대충대충 해서 김대충이라 불리는 담임이 모든 일을 반장 남지은에게 맡겨버렸다. 이제 자유의 몸이 된 담임은 수학 여행 간 친해진 버스 기사와 나무 그늘 아래로 들어가 소주를 까기 시작했다.

아직 애들이 있어 눈치를 보고 있었으나 저 검은 비닐봉지에 뭐가 들었는지 모르는 사람은 없었다.

술이 그렇게 좋을까.

맘에 안 들긴 했으나 김대충이 그래도 나름 애들한테 잘 하는 선생이라 그러려니 하는 분위기였다. 다들 우리 담임이 그렇지, 하고 웃고 말았다.

……그건 그렇고 귀찮구나.

피곤한데 빠지면 안 됩니까? 라고 물으려 김대충을 보니, 내 속내를 귀신같이 읽고 소리를 질렀다.

"야! 반장! 오주유니 꼭 데려가라!"

"네! 주윤이는 제가 책임질게요."

그런데 책임질 거란 말이 문제였을까. 주변에서 놀리는 소리가 터져 나왔다. 시집가라고 난리다. 남지은의 얼굴이 붉어지자 내가 눈을 좀 부라렸다.

"흠흠!"

남자 놈들이 괜히 헛기침을 하고는 시선을 피했다.

"다들 가지."

한 마디만 하자 모두 우르르 동굴로 들어갔다.

뭐, 친분이 없어서 그렇지 반에서 내 말을 무시하는 놈은 없다. 173센티미터의 평범한 키, 적당한 체구지만 눈빛이 남다르다나? 사람을 주눅 들게 한다는 소리를 듣는다.

그래봐야 오토 경에 비하면 조무래기에 불과하지.

진짜 히어로의 눈빛은 다르니까.

그래, 나 같은 놈이랑 다른 진짜 히어로.

"저기……."

남지은은 말을 걸고 싶어 하는 기색이 역력했으나 주변 친구들의 손에 이끌려 먼저 동굴로 향했다. 녀석은 어디까지나 인기인인지라 주변에서 가만 두질 않았다.

뒤로 처진 나는 주머니에 손을 넣고 영감처럼 유유자적한 걸음으로 나아갔다. 입구에 보니 안전모를 비치해 놓은 곳이 있었으나 무시하고 계속 걸어간다. 안에서는 이미 시끌벅적하다.

완전히 다들 들떴구먼. 저러면 민폐 아닌가.

하지만 천천히 동굴을 돌다 보니 반 애들이 저렇게 신난 이유를 알 수 있었다. 워낙 한적한 동굴이라 우리 반 외에는 관광객이 아무도 없었다. 그럼 좀 떠들어도 상관없겠지.

"호오, 괜찮네."

종유석과 석순이 만나 생긴 석주가 신전을 받치는 기둥처럼 근사했다. 동굴이 생각 이상으로 볼만했다. 특히 그리고 커튼이라 부르는 돌이 흘러내린 듯한 모양도 눈길을 사로잡는다.

"야! 거기 서!"

"어디 숨었냐!"

사내자식들이 소리를 지르는 꼴이 숨바꼭질이라도 하는 모양이었다.

난리네, 난리. 저러니까 어머님들이 아들 키우면서 진이 빠지시지. 니들은 돌아가면 효도해라.

그런 쓸데없는 생각을 하며 철제 다리로 나아갔다. 아래로는 동굴수가 잔뜩 고인 깊은 연못이 있었다. 조명이 비추고 있어 상당히 아름다운 곳이었는데 마치 이 세계의 풍경이 아닌 듯도 했다.

얼마나 깊은 걸까?

멍하니 동굴수를 보다가 순간 깜짝 놀라서 고개를 뺐다.

"허!"

뭐지?

순간 수면에서 예쁜 외국인 여자를 본 기분인데. 기가 막히게 아름다워 심장이 두근거린다.

아직 잠이 덜 깬 건가.

눈을 비비고 다시 보자 역시 헛것을 본 모양이다. 역시 그럼 그렇지. 말이 안 된다. 아무래도 게임을 너무 한 모양이다.

놀란 가슴을 쓸어내리고 다시 다리를 놀렸다.

철제 다리를 건너가는데 다리 중간에 익숙한 인물을 발견했다.

바로 남지은이었다.

친구들과 모여서 기념 촬영에 한창이다.

귀찮은 녀석이긴 하지만 싫어하는 건 아니다. 방긋방긋 웃는 꼴을 보니 어쩐지 보기 좋다는 생각이 들었다. 그런데 그때.

철제 다리가 요란하게 울리는 소리가 난다.

고개를 돌려 살피니 우리 반 뚱보가 부리나케 달려오고 있었다. 뒤를 보니 술래로 보이는 녀석이 쫓아오는 중이었고.

신 난 건 알겠는데 이런 좁은 데서 저리 질주하면 위험하잖아.

주의를 주려 했는데 뚱보 놈이 크게 소리를 지르는 바람에 묻혔다.

"비켜어~!"

마치 돌진하는 아프리카 하마 같다.

그런데 하필 그때 남지은이 친구들을 찍어 주겠다고 카메라를 잡고 뒤로 빠졌다. 게다가 그쪽 방향을 향해 달려가는 뚱보는 쫓아오는 술래가 신경 쓰였는지 뒤를 돌아보는 중이었다. 그래서 철제 다리의 난간 쪽으로 이동한 남지은을 보지 못했다.

부딪히겠어!

"위험해!"

소리를 지르며 쫓아갔다.

그제야 남지은도 뚱보도 상황 파악이 된 듯했다.

디지털 카메라 액정을 보던 남지은은 정면으로 달려오던 뚱보를 보고 비명을 질렀고, 고개를 다시 앞으로 돌린 뚱보도 남지은을 보고 경악한 얼굴이 되었다.

"꺄악!"

짧은 비명과 함께 카메라를 놓친 남지은이 난간을 넘어간다. 이대로라면 반장은 동굴수가 고인 깊은 연못으로 추락하고 만다.

제길. 번거롭게.

주저하지 않고 빠르게 달려 난간 위로 뛰어올랐다. 그리고는 넘어가려는 남지은을 붙잡아 다리 쪽으로 떠밀었다.

그 찰나의 순간 남지은과 눈이 마주쳤다.

"!"

놀라는 표정이 역력하다.

다행히 구해냈다. 그런데 문제는 나다.

허공에 떠서 그녀를 향해 쓴웃음을 지었다.

망할.

역시 예감대로 이 녀석이랑 얽히니 손해를 보고 말았다.

첨버어엉!

요란한 물소리가 났고 얼음 같은 차가운 물이 전신을 휘감는 게 느껴졌다.

아이들의 비명도 아련하게 들려온다.

아아, 어째서 이렇게 의식이 빠르게……

헤엄이라도 쳐서 나가야 하는데.

수면에 부딪치며 충격을 받은 건가.

팔다리에 힘이 하나도 없다. 그냥 물속으로 가라앉는 기분이다.

그리고 그 순간.

어떤 따뜻한 손길이 날 휘감는 듯한 착각에 빠져들었다.

재수 없게 동굴수에 빠지고 말았다.

그 계집애를 구하다 그리 되었다.

하지만 그 헌신적인 행동에도 불구하고 불운한 결과가 날 기다리고 있었다.

하늘도 무심하시지.

눈을 뜬 곳은 오토 경의 탐험지만큼이나, 아니 그 이상으로 이상하고 기괴한 장소였다.

지금 상황을 어떻게 설명해야 옳을까?

고민이 깊었지만 뭐가 뭔지 잘 모를 정도였다.

나는 이상한 곳에서, 이상해져 있었다.

보통 말하는 차원이동이란 상황인 듯하다. 하지만 책에서 보던 일반적인 클리셰는 완전히 빗나가 있었다.

죽기 전에 모든 비전을 전승해 줄 쇠약한 9서클 리치도 없었고, 보물을 잔뜩 가진 드래곤도 없었다. 당연히 성격 더러운 츤데레 공주님도 없고, 귀여운 빈유의 엘프 애인도 없었다. 더욱이 이곳은 신록이 우거진 아름다운 숲도 아니고 호수 도시도 아니다.

그냥 지하였다.

얼마나 깊은지 알 수 없는 지하세계.

다행히 이곳에도 태양이 비추듯 낮에는 주변이 훤해진다. 무슨 원리인지 잘 모르겠으나 낮도 있고 밤도 있었다. 물론 도시의 제한된 지역에서만 가능한 부분이고 다른 지하세계는 그냥 어둠에 잠겨 있는 모양이었지만. 아무튼 놀라운 세상이었다. 천장 높은 곳은 고개를 들어도 잘 보이지 않을 지경이던데 환한 빛이 도는 지하세계라니.

아니, 감탄하고 있을 때가 아니지.

빛 같은 것보다 더 시급한 문제가 있다.

내게 들 수 있는 고개가 없다는 점이다.

그래, 고개.

'목' 말이다.

목이 없었다.

세상에……

보통 차원이동은 몸이 온전히 그대로라는 게 불문율의 약속 같은 거 아니었어? 애니에서는 다 그랬다고!

가엽고 딱하게도, 난 분명히 이계로 진입을 했지만 기괴한 몸 안에 들어가 있었다. 원래 육체는 어디로 갔는지 알 수도 없었다.

어쩌면 이계 진입이라고 착각인 걸까? 사실은 전생의 기억을 가지고 다른 세상에서 환생한 건지도 몰랐다.

나는 추욱 늘어지는 몸을 추스르며 제대로 된 판단을 내리지 못했다.

현재의 몸은 슬라임과 비슷한 형태다. 하지만 판타지의 슬라임처럼 그렇게 동글동글 귀엽지는 않다. 오히려 눌어붙은 지방덩어리랑 비슷하고, 겉은 주름이 많아 징그러웠으며 다리는 없어서 달팽이처럼 기어 다녔다.

전체적인 형상은 꾸물꾸물 거리는 벌레라고 할까.

기가 막힐 노릇이다.

나를 위해 준비된 마법 스승은 어디로 간 건지.

소설을 너무 봤거나 애초에 눈이 높았던 건지도 모른다. 츤데레 미소녀 공주님은 됐다. 그냥 성격 나쁜 일반인이라도 만나보고 싶었다.

그러나 안타깝게도 이곳에 인간이란 종족은 없다. 이 세계는 흔히 판타지에 나오는 마계랑 비슷한 곳이었고, 마족과 몬스터라고 판단할 수밖에 없는 비주얼의 가이들이 바글바글 살아가는 곳이었으니까.

아, 진짜 지옥에 온 건지도 모른다.

제길! 왜 이렇게 되는 일이 없냐고!

1-1. 지하세계의 벽돌 굼벵이

"일어나! 벽돌 굼벵이들아!"

더러운 동굴의 구석에서 동료들과 옹기종기 모여 자고 있는데 좀비 감독관이 와서 채찍을 휘두르며 소리쳤다.

제기랄. 좀비 주제에 말도 할 수 있는 건가! 이 세계 녀석들, 제법 스펙이 높잖아. 설마 외국어까지 할 수 있는 걸까? 2개 국어를 하면 인간인 내 자존심에 금이 갈지도 모르겠는데.

주변이 소란스러워져 몸을 일으켰다.

아니 일으킬 몸이 아니었다. 허리가 제대로 없으니 뭐….

찰싹!

순간 옆구리에 달군 쇠로 후벼 파듯 격통이 작렬한다.

비명을 지르고 싶었다. 그러나 성대가 없어 기괴한 신음만이 더러운 입에서 흘러나왔다.

"끼에에엑…."

쳐다보니 아까의 좀비 감독관이 썩은 눈알을 부라리고 있었다.

"어서 안 움직여!"

이런, 딴생각을 하다가 큰 실수를 했다. 주변을 보니 벽돌 굼벵이 무리가 출구를 향하고 있었다. 아차 싶어 황급히 움직였으나 곧 엉덩짝을 걷어차였다.

"너 지켜보겠어! 이 굼벵이 같은 녀석!"

대체 굼벵이보고 굼벵이라고 하는 게 욕인 건가. 속으로 온갖 욕을 퍼부으며 감독관을 무시하고 부지런히 기어갔다. 오늘은 할당량이 많아서 힘을 내야 했다.

나와 나의 동류들은 벽돌 굼벵이란 이름으로 불렸다. 기괴하게 생긴 꼴이 굼벵이랑 비슷한데 앞에 붙은 벽돌은 우리가 하는 일과 관련이 있다.

우리는. 그리고 나는.

이 지하세계의 던전을 굴착하고 넓히는 일을 하고 있다.

태생적으로 그렇게 만들어진 존재, 소모품이어서 필요를 다 하면 죽게 되는 하찮은 존재. 그게 벽돌 굼벵이다.

벽돌 굼벵이는 전제적으로 말랑말랑하지만 딱 하나 상위 존재들도 부럽지 않은 신체부위를 가지고 있다.

바로 이빨이다.

우리는 이 이빨로 벽면을 갉아먹는 게 일이다. 그렇게 모인 흙이나 돌 부스러기는 벽돌 굼벵이의 몸 안에 쌓여간다. 일을 한참 한 벽돌 굼벵이의 몸은 두 배 이상 부풀어 오르는데, 그러면 그 굼벵이는 정해진 장소에 몸 안에서 뭉친 흙덩이를 토해 놓는다.

이게 마치 벽돌과도 같이 생겼다. 몸 안에서 흙과 돌가루가 특수한 체액과 뒤섞여 뭉쳐진다. 물론 그대로 쓸 수는 없어 필요한 용도에 따라 깎아서 모양을 다듬고, 열기에 굽는 과정을 거친다. 그러면 이 지하세계의 건축자재 중 하나인 벽돌이 된다.

이렇듯 우리 벽돌 굼벵이들은 참으로 쓸모가 많은 존재다. 이 개미굴보다 복잡한 세상의 새로운 통로를 만들고, 벽돌까지 생산한다.

다만 한 가지 문제가 있었으니 이런 과정을 거치며 벽돌 굼벵이는 금세 쇠약해져서 속속 죽어간다. 내부에 석회질이 쌓여 말랑거리는 몸이 굳어가거나, 벽돌을 만드는 특수한 체액을 많이 써 기력을 다하는 경우다.

대게 벽돌 굼벵이는 1년을 넘기지 못하고 폐기된다.

나는 어느새 이 세상에 온 지 넉 달이 된 탓에, 그간의 사정을 파악할 수 있었다. 언어는 몰랐지만 기이하게도 듣기는 가능했다. 말은 벽돌 굼벵이의 몸이니 어차피 못하고.

왜 그게 가능한지는 아직도 파악하지 못했다. 뭔가 이유가 있을 텐데……. 그냥 차원이동으로 인한 보정이라고 넘어갈 수 있는 간단한 문제는 아닌 듯하다. 어쩌면 감독관의 말을 알아듣기 위해 벽돌 굼벵이가 본연으로 가지는 능력일지도 모른다.

이 부분에 관해서는 언젠가 의문을 풀 날이 왔으면 좋겠다. 물론 그렇다고 말하고, 읽고, 쓰기도 가능하진 않았다. 오직 듣기만이었다.

한 가지 안타까운 점은 모든 벽돌 굼벵이가 지능이 거의 없다는 사실이었다. 강아지 중에 지능이 뛰어난 푸들이 온다면 이들 사이에서 천재로 불려도 이상하지 않을 정도다. 거의 본능에 따라 움직이며 좀비 감독관의 매로 통제되는 무의미한 무리였다.

그래서 그런지, 누구도 벽돌 굼벵이를 생물로 취급하지 않았다. 그냥 일을 위한 부품이자 도구라고 해야 할까? 많은 숫자가 죽어가지만 그만큼 많은 수의 벽돌 굼벵이들이 이곳의 번영을 위해 태어난다.

대체 이 지하세계는 어떤 곳인가.

얼마나 많은 생물이 살고, 얼마나 넓은 곳일까?

궁금하긴 해도 매일 비슷한 곳만 왕복하며 노역하는 내게는 알 수 없는 일이었다. 애초에 내가 아직도 어찌 지성을 유지하고 있는지도 의문투성이라고 할 수 있었다.

"움직여!"

크흑. 제기랄. 다시 한 대 얻어맞았다.

충격으로 살덩이가 흘러내렸다가 다시 돌아온다. 다시 맞기 싫은지라 나는 달팽이처럼 미끄러져 나아가 벽면을 갉아먹기 시작했다.

위험해. 정말 위험하다고.

이대로라면 고생스럽고 힘든 일을 떠나 인간으로서의 기억이 희미해져 버릴 것만 같았다.

그런다고 이 통제를 벗어날 수는 없다.

그냥 형벌을 받듯 체념하고는 앞으로 남은 8개월가량의 노역을 받아들이는 수밖에.

위에 파낸 흙이 가득 차서 토할 것 같다. 속이 메슥거린다. 몸 안에 석회질이 차 가는 느낌이다.

충분히 땅을 굴착한 탓에 몸이 두 배로 부풀었다. 그래서 이제는 벽돌 공장 쪽으로 미끄러져 갔다. 이걸 토해놔야 계속 일을 한다.

참으로 짜증나게도 이 벽돌 굼벵이는 태생 상의 문제로 절대 게으름을 피울 수 없었다. 남들보다 부풀어 오르는 속도가 느리면 그만큼 일을 못 했다는 소리고, 좀비 감독관의 불호령이 떨어진다. 처음에는 일이 서툴러서 얼마나 맞았는지 모른다.

흠…… 생각해 보니 환생은 아닌 것 같군.

처음 눈을 떴을 때, 지금의 육체인 벽돌 굼벵이는 완전히 자라 있었다. 분명히 내 영혼은 이 더러운 몸뚱이 안에 갇힌 것이다. 환생이 아니라.

가만, 그렇다면 8개월이 남았다는 관측 역시 너무 낙관적인 판단은 아니었을까? 내 영혼이 움직이고 있는 이 벽돌 굼벵이가 대체 몇 달이나 살아왔는지도 모른다.

어쩌면 차라리 잘 된 건지도 모르겠다. 이 고통이 빨리 끝난다면 그건 그것대로 괜찮겠지.

스으으윽.

몸이 두 배로 부푼 탓에 나아가는 속도가 느렸다. 그래도 노면에 다른 굼벵이가 지나간 탓에 미끈거리는 분비물이 남아있어서 편했다. 이 분비물은 우리에게 레일 혹은 잘 닦인 차로나 마찬가지다.

아침(물론 이곳에 찬란한 태양 따윈 존재하지 않는다. 아마 마법이나 다른 특별한 빛인 것 같았다)에 일을 출발할 때 선두 쪽에 선 벽돌 굼벵이들은 이 문제로 완전히 죽어난다. 거친 노면 위에 분비물을 토해내며 나아가야하니 수명이 줄 수밖에 없다.

반면 미끄러운 분비물 위로는 달팽이처럼 나아가기 수월했다. 하지만 감독관인 좀비들은 이것을 무척이나 싫어해 혹시라도 우연히 밟으면 주변의 벽돌 굼벵이들을 마구 구타하기 일쑤였다.

정말 재수 없는 일이다. 썩어가는 시체 주제에 깔끔한 체하는 건가? 어이없는 것도 정도가 있다. 분수를 알아야지.

"구에엑."

내가 들어도 기괴한 소리를 내며 몸 안에 모은 흙과 돌멩이 부스러기를 토해냈다. 체내의 액으로 인해 잘 뭉쳐진 꼴이 단단해 보였다. 이제 벽돌 공장의 다른 노예들이 깎고 구우면 진짜 벽돌이 된다.

이 세계는 내가 마족이라 명한 상위 존재들이 잔혹한 주인으로 군림하며, 더 약한 종족이 희망 없는 노예로 살아간다. 나는 딱 한 번 마족을 본 적이 있는데, 그들 중 말석인 듯했던 그놈이 뿜어낸 기세는 정말 장난이 아니었다.

지금 내 하반신에는 물건이 안 달렸긴 하지만, 속된 말로 지려버리겠단 말이 적절한 상대였다. 그 압도적인 위압감에 똥오줌 못 가리고 정신이 나가버릴 뻔했으니 실로 상위의 존재 그 자체였다.

그때 좀비 감독관들 역시 바닥에라도 기어 다니겠다는 의지로 맹렬히 굽실거렸다. 우리한테 그렇게 강하더니 하위 마족에게는 조금의 기도 퍼지 못했었다.

어이가 없었지만.

그게 이 세계를 가장 잘 보여주는 단면이었다.

힘의 의한 질서가 다스리는 곳, 그게 이 지하세계였다.

4개월이 지났다.

몇 번인가 탈출을 시도해봤는데, 부질없는 짓이었다. 통제는 완벽했고 벽돌 굼벵이가 단독으로 돌아다니는 일 자체가 넌센스였다.

100미터정도 기어가다가 곧 쫓아온 좀비 감독관들에게 무차별 구타를 당했다. 그 자리에서 곧장 인생이 끝날 뻔했지만 최근 죽은 벽돌 굼벵이가 많아 나를 죽이진 않았다.

그 탓에 한동안 찍혀서 고생했는데 벽돌 굼벵이들이 생긴 모양이 다 비슷비슷해 좀비 감독관들이 날 괴롭히려 찾는 일 자체가 어려워 다행이었다.

멍청한 것들.

현재 내 몸 상태는 하루가 다르게 안 좋아지고 있다. 아무래도 곧 폐기될 운명이었다. 몸에 석회질이 차올라, 지방 덩어리 같던 몸이 뻣뻣해져 갔다. 움직임은 당연히 둔해졌고 벽돌은 만드는 일도 힘겨 웠다. 근래에는 동료들이 내 주위에 오질 않았다. 죽음의 냄새를 맡은 것이리라.

괜히 죽어가는 놈과 같이 있어서 좋을 일이 없다. 좀비 감독관들은 죽어가는 벽돌 굼벵이를 미래의 일감에 불과하다고 생각해서 매우 싫어한다. 얼마 전에 거의 몸이 굳어 움직이지 못하는 벽돌 굼벵이를 좀비 감독관이 그 자리에서 부숴버리는 광경을 본 적이 있다.

다만, 그렇게 방치해 둘 수는 없었던 모양인지 달구지에 부서진 몸을 실어 어딘가로 가져갔다. 그 때문에 폐기되는 벽돌 굼벵이가 모처에 버려진다는 사실을 알게 되었다.

짜증나는구먼.

내게서 멀어지려 노력하는 벽돌 굼벵이를 보며 인상을 찌푸렸다. 그렇다고 그들과 동료애가 있는 건 아니다. 같은 벽돌 굼벵이일 뿐으로 우리는 지성이 없고, 대화가 가능한 존재가 아니다. 나처럼 지성을 가진 경우는 극히 예외로 이 거대한 지하세계에서도 같은 예를 찾아보기 어려울 터다.

……제길, 죽기 싫다.

처음에는 체념도 했었다. 하지만, 끝나지 않는 노역 속에서 오히려 삶을 향한 의지는 강인해졌다. 비록 오토 경처럼 자신이 처한 모든 난관을 돌파하지는 못하겠지만, 비슷하게라도 해보고 싶었다.

이 처지가 된 이후 지구에서 권태롭게 살아온 점도 후회가 되었다. 돌아보니 그 시절에는 감사를 모르고 지냈다. 내가 먹던 것들, 입던 것들, 포근한 집, 그 모든 것들이 지금으로서는 상상도 못할 호사이자 사치였다.

아니, 단순 의식주 문제가 아니다.

그때는 자유가 있었다.

가능성이 있었다.

인간적인 대우를 받고 노예로서 억압받지 않았다.

그런 훌륭한, 감사해야 할 처지에 있었으면서도 소중함을 몰랐던 자신이 어리석다 생각됐다.

돌아갈 수 있다면 좋을 텐데.

다시 시작할 수 있다면 좋을 텐데.

후회가 밀려왔지만, 언제나 후회를 할 땐 이미 늦는 법인 듯했다.

그러나 회한만 가득한 굼벵이 몸이 되었어도 아직은 죽고 싶지 않은 또 다른 이유가 있었다. 바로 이 암울하고 무서운 세계를 향한 호기심이었다.

실로 좋은 기회가 아닌가?

인간으로서, 인간이 아닌 존재와 만나볼 수 있다니.

누가 이런 경험을 할까. 어느 우주 과학자가 그랬다. 인간은 외로운 존재라고. 인간은 인간은 인간이라는 종족하고만 소통하며 살아가기에 그렇다는 말이었다.

나는 그 말을 뼛속 깊이 동감한다.

SF 영화나 판타지 소설에 보면 수없이 많은 다채로운 종족이 등장한다. 이야기 속 이방인들은 인류에게 심대한 위협이기도 하고, 사랑이나 우정의 대상이 되기도 한다. 나는 그 모습이 다양한 색유리로 장식된 성당의 스테인드글라스처럼 근사하다 생각했었다.

그런데 내가 동경하던 체험을 해볼 기회를 얻었다.

그래서 이렇게 무력하게 죽음을 기다리긴 싫었다.

한데도 방법이 없다.

내 머리는 나쁜 편은 아니다.

오히려 평균보다는 좋다고 할 수 있다.

그러나 이 난국을 극복할 지략은 떠오르지 않는다. 아니, 이 상황은 제갈공명이 살아와도 마땅한 수가 없지 않을까?

완벽히 통제되어 죽음을 기다리는 상태다. 마치 작은 수조 안에 들어간 뚱뚱한 금붕어 같은 모습이다. 산소 공급기는 고장이 나 죽음만 기다리는 상황에, 설령 수면을 튀어 오른다고 해도 어디로 간단 말인가?

지혜로는 극복할 수 없는 부분이라고 할 수 있었다.

고민스럽다. 모처럼 마음을 고쳐먹었는데.

역시 후회하면 늦은 건가?

한 달 뒤.
나는 결국 폐기되고 말았다.

내 인생.
아니, 벽돌 굼벵이의 삶에서 가장 편안한 순간이었다. 처음으로 자신의 힘을 쓰지 않고 이동했다. 원래 세상에 있을 때 이런 식의 이동은 아무것도 아니었다. 버스 카드만 있으면 할 수 있는 일이었으니. 하지만 이곳에서는 아주 특별했다.

지금 나는 달구지를 타고 어딘가로 향하고 있었다. 달구지에는 비슷한 처지의, 석회 동굴을 뚫느라 석회질을 너무 먹어 나무토막처럼 굳어진 벽돌 굼벵이들이 쌓여 있었다. 그리고 이 달구지는 거대한 거미가 끌고 가는 중이었다.

아직 정확히 파악하진 못했지만 이 지하세계에서 거대 거미는 무척 유용한 생물로 보였다. 특히 벽면이나 천장을 오르기 위해서는 도마뱀이나 거미 같은 탈것이 필수였다. 아니면 선천적으로 등반 능력이 있던가. 모르긴 몰라도 저 높은 공동의 위쪽에 붙어사는 존재들도 있으리라. 포식자를 피하기 위해서는 까마득하게 높은 절벽이나 천장이 좋은 피난처일 테니까.

아무튼, 나는 그런 이유로 모처럼 드라이브를 즐기고 있었다. 유감스러운 점이라면 옆에 섹시한 미녀 대신에 기괴하게 굳어 있는 벽돌 굼벵이 투성이란 점이었지만.

그렇다고 뭐라 말하기도 힘든 게, 내 꼴 역시 눈물만 흐를 정도로 불쌍했다. 아까부터 입에서는 못 들어줄 신음을 조금씩 흘려내는 중이다.

이대로 끝인가.

자신의 무력함에 한탄이 나왔지만, 어쩌겠는가?

나는 옛 이야기 속의 주인공이 아닌 것을.

우리를 태운 달구지는 곧 높은 절벽 쪽에 멈췄다.

아래로 던지려고 하나 보다.

이곳은 아마 쓰레기장인 것 같았다.

문제는 이런 곳에서 떨어지면 즉사라는 점이다.

구질구질하게 쓰레기장 밑에서 죽음을 기다리지 않아도 돼서 좋긴 한데 말이야.

지금 나와 동료들의 육체는 석회질로 인해 무척 딱딱해져 있는 상태다. 낙하의 충격을 견뎌낼 리가 없다.

나오지도 않는 한숨을 내며, 눈을 감아보려 했다. 물론 눈꺼풀 같은 건 없다. 이것 때문에 그동안 잠 잘 때 얼마나 불편하고 안정이 안 되던지. 뜬 눈으로 동굴에 웅크려 있다가 기절하듯 잠드는 게 일상이었다.

"자, 이 녀석들 다 던져 버려! 후딱 치우고 가자고!"

달구지가 흔들리기 시작했다. 좀비 감독관 녀석들이 그대로 우리 모두를 절벽 아래로 부어 버리려 하고 있었다.

주변에서 동료들이 굳은 몸에도 불구하고 가늘게 떨어댔다.

아, 이들 역시 감정이 있었구나!

그간 뭔가를 어필하는 걸 보지 못해 같은 벽돌 굼벵이면서 이들을 무시하고 있었다.

갑자기 울컥하고 뭔가 올라왔다.

제길! 결국 어쩌지도 못 하고 끝나는구나.

이대로 죽긴 원통하지만 벽돌 굼벵이랑 좀비를 구경한 것에 만족하도록 하자. 몇 개월 동안 고생도 심했으니 이제 눈을 감아도 좋겠지.

마음을 비운 그 순간, 시커멓고 깊은 절벽 아래로 동료들과 떨어졌다.

"끼이이엑!"

비명도 제대로 지르지 못하며 낙하했다. 상당히 높은 곳이었던지라 몇 초 뒤면 내 몸은 산산조각나리라.

인생의 지난날들이,

주마등처럼 스쳐 지나갔다.

안녕--

안녕, 보잘 것 없던 내 인생아.

….

…….

퍼억!

그리고 나는 거대한 똥 덩어리 위에 안착해 목숨을 부지했다.

아니, 대체 이게 뭐야.

내 인생은 정말 어디까지 꼬이려는 거지?

그리고 누가 이렇게 거대한 똥을 싸는 거야!

냄새도 지독해.

으아아악! 입에 들어 왔잖아!

똥에 머리를 박고 있는 이 기막힌 현상에 이런저런 상념에 빠져들었다. 인생무상을 느끼는 현자 같은 사고를 이어가고 있었지만 실상 내 처지는 아주 비참했다.

이 거대한 똥에 빠진 몸을 어떻게 빼낼 방도가 없었기에.

망할. 똥 덩어리의 점성이 너무 좋아. 육체의 힘이 거의 떨어진 상태라 헤어 나올 수 없는 진창에 빠진 듯 벗어나질 못하겠다.

그나마 코가 없어서 다행이다. 그 점에 대해서 나는 진정으로, 진심으로, 전심으로 안도했다.

벽돌 굼벵이는 눈꺼풀도 없지만, 코도 없다. 벽을 갉아먹고 벽돌을 만드는 일 외의 기관은 없는, 실로 단순하고 절제된 몸이라고 할 수 있었다.

역시 벽돌 굼벵이는 생물이 아니라 부품이 맞는 듯하다. 아니라면 이렇게 가성비를 고려한 디자인일 리가 없다. 주체적으로 살아가는 생물은 작은 곤충이라도 몸에 필요한 기관을 갖고 있기 마련이다.

하지만 벽돌 굼벵이에게는 그런 신체 기관들이 거세된 것처럼 없었다.

처음에 똥에 떨어졌을 때, 냄새에 발버둥을 쳤지만 그게 착각임을 깨닫는 데 오래 걸리지 않았다. 그냥 반사적으로 냄새가 지독하다 생각했는데 생각해 보니 난 코가 없었다.

"끄으으으."

입에서 신음을 흘리며 무료하게 주변을 둘러봤다. 처음의 놀람, 격한 슬픔도 이미 다 없어진 지 오래다.

그저 주변에 터지고 부서져 죽은 동료들을 부럽다는 시선으로 살펴보았다.

낙하에서 살아남은 자는 오직 나뿐이다.

기막힌 우연으로 이 몸만 똥 덩어리에 안착했고 나머지는 단단한 물체나 맨땅에 헤딩을 하고 말았다.

처음에는 이 아찔한 상황에 경악했다. 그리고는 밀려드는 슬픔에 몸을 떨었다. 아무런 교류도 없었다고는 하나 몇 달이나 같이 지낸 동료들이다. 같은 곳에서 일하고, 같은 동굴 구석에서 잠들었다. 그러니 저리 비참하게 산산조각난 시신들을 보자 마음이 아플 수밖에.

하지만 결국 이 감정은 얄팍했다.

조금 지난 뒤에는, 돌가루가 된 동료의 시체를 무심하게 바라보며 그냥 여기서 나가고 싶다는 생각만 들었다. 이 똥 속에 박혀 있는 건 아무래도 처지가 좀 너무하지 않는가.

내가 무슨 소화가 안 돼서 그대로 나온 콩인가?

이런 변 덩어리에 튀는 모습으로 박혀 있게.

아아, 표현이 좀 심했던 것 같다.

어쩐지 토가 쏠려 벽돌을 한 가득 토하고 싶은 기분이다.

나 참, 벽돌도 만날 토하다 안 하니 그것도 섭섭하네.

나는 그 뒤로 무료하게 시간을 보내며 서서히 죽어갔다.

처음에 활발하게 불만을 제기하던 것도 잠시. 그대로 하루가 지나자 기력이 많이 떨어졌다.

벽돌 굼벵이들도 당연히 밥을 먹는다. 믿을 수 없을 정도로 저질스러운 식사라, 먹는다는 표현보다 고문당한다는 표현이 더 어울리긴 했지만. 어쨌든 입에 뭘 넣고 에너지를 얻는 행위를 하긴 한다.

그런데 죽음을 앞둔 쇠약한 상태에서 식사가 끊기자 몸의 상태는 급격히 나빠졌다.

종국이다.

정말 이제는 마지막이다.

희미한 미소를 짓고 있을 때 앞쪽에서 아주 듣기 안 좋은 목소리가 들려왔다. 늙은 남자의 카랑카랑한 음색이었는데 마치 쇠를 긁는 것처럼 신경질적이었다.

"에이! 에잉! 다 죽었구먼! 쓸모없는 녀석들! 오늘 쓰레기장에는 별로 수확이 없어. 어서 키메라 연구를 끝내야 하는데 말이야. 낄낄낄."

곧 눈앞에 나타난 노인을 본 순간 머릿속으로 딱 하나밖에 떠올릴 수 없었다.

미친 과학자.

매드 사이언티스트.

정말 그런 듯한 매드 사이언티스트가 나타난 것이다. 온 몸에 실험 장비를 꽂고 길고 지저분한 머리칼과 턱수염을 늘어뜨린 채로 말이다.

머리 위에는 여러 렌즈가 달린 모자를 쓰고 있었다. 그 렌즈 하나하나가 매우 정밀하고 비싸 보였다. 필요할 때 렌즈들을 여러 개 겹쳐 원하는 배율을 만들어 내는 듯하다.

어렵쇼, 백의까지 입었네?

게다가 그 매드 사이언티스트는 마족이었다.

사실 마족의 구분은 별 거 없다. 머리 위에 뿔? 날개?

아니다. 마족의 특징은 다양해서 그런 외형적인 분류로 간편히 분류해 버리긴 무리다.

그렇다면 어떻게 아느냐?

간단히 대답하면, 보면 그냥 안다가 답이다.

그러니까 어떻게 보면 아냐고 반문해도, 역시 그냥이라고 밖에 대답할 말이 없다.

마족에게는 그들을 특별하게 만들어 주는 힘이 있다. 마력이라고 불러도 좋으리라. 임의로 붙인말이지만, 마족이란 명칭 자체도 내가 붙인 거니 별 상관없겠지.

마족들은 자신들이 가진 마력을 이용해 초능력인지, 마법인지 알 수 없는 초상능력(超常能力)을 발휘했다.

강제 노역을 하던 시절, 관리에 소홀했던 좀비 감독관이 마족의 일격에 구워지는 걸 본 적이 있다. 번쩍! 하더니 오만한 좀비 감독관이 시커멓게 타서 그대로 재가 되었다. 그 광경에 얼마나 떨었는지 모른다.

아직 그 힘이 뭔지 정확히 알 수 없었지만, 확실한 점은 그 힘을 통해 마족이 지하세계에서 군림한다는 것이다.

일단 정리하겠다.

마족, 마력, 마법.

마마마. 이렇게 지칭하니 간단해서 좋군.

현재, 이 지하세계에서는 〈마족이라는 군림자들이 마력으로 마법을 부려 자신의 지위를 공고히 하고 있다〉는 것.

내가 해놓고도 꽤 깔끔한 정의라고 생각한다. 똥에 박혀 있는 작금의 추태만 아니었으면 교단에 서도 좋을 텐데.

다음 생에는 임용고시를 쳐볼까.

그런 생각을 하고 있을 때 매드 사이언티스트가 점점 가까이 다가왔다. 아직 날 발견하지 못한 모양이었다.

아니, 발견했어도 관심이 없을지도.

누가 죽어가는 벽돌 굼벵이에게 눈길을 돌릴까.

"에잉~! 오늘은 참 수확이 없어. 요새 계속 이러니 위대한 연구에 차질이 생기잖아. 정말이지, 세상이 날 도와주지 않는구나!"

늙은 매드 사이언티스트는 계속 혼자 카랑카랑한 목소리로 궁시렁거렸다. 혼잣말이 많은 스타일 같았다.

불편한데, 저런 부류.

그나저나 슬슬 눈이 감겨 온다. 몸에 힘이 빠지는 기분이 들었다.

뭐, 아직은 괜찮으니 저 늙은 양반의 행태나 지켜볼까?

매드 사이언티스는 주변을 종횡하더니 곧 근처로 왔다. 정확히는 부서진 동료의 잔해 위이다. 그는 막대기로 동료들의 시체를 휘휘 젓더니 작고 투박한 돌멩이 한 개를 주워들었다.

"역시 굼벵이들 영혼석은 조잡하기 짝이 없군. 이런 저질 영혼석에도 영혼이 들어간다는 사실이 재밌어. 그렇지만 아무런 가치도 없는 것들이지. 전혀 연마도 안 된 폐기처분급의 영혼석이니."

혼잣말이 많은 그의 버릇 덕에 나는 한 가지 정보를 알게 되었다.

영혼석.

그렇다, 영혼석!

놀랍게도 동료들의 몸에는 비슷비슷한 영혼석이 들어가 있었다. 추측이긴 했지만, 이름에 비추어 볼 때 저건 영혼이 들어가는 중심 핵인 모양이었다. 그리고 폐기처분급이라고 했으니 보다 상급의 영혼석도 있는 게 틀림없었다.

아마 더 상위의 존재에게는 좋은 영혼석이 쓰이는 모양이었다. 그리고 뒤로 이어진 매드 사이언티스트의 계속된 말로 제법 많은 정보를 얻었다.

일단 이 지하세계의 존재 대부분은 영혼석이라고 불리는 영혼이 들어가는 기관이 있다.

영혼석이 없는 부류는 그 영혼을 지킬 수 없다고 해서 '경계 밖의 자'라고 불린다. 실제로 영혼에 직접 영향을 주는 마법에 취약하거나 쉽게 휘둘리는 모양이었다.

또한 영혼석이란 시스템을 동원해 쉽고 빠르게 강해질 수 있는 듯했다. 이건 과거에 있었던 대전쟁 시기에 탄생한 시스템이라고 한다.

그리고 영혼석이란 것은 종류에 따라서 상당히 돈이 되는 듯했다. 이 매드 사이언티스트는 영혼석 뿐만이 아닌여타 다른 대박도 노리고 쓰레기장을 뒤지는 모양이었다.

가난하구먼.

실험에 너무 돈을 많이 써서 그런 건가. 저렇게 가난하면 세계 정복은 요원할 텐데. 그리고 어차피 백날 연구해도 스포트라이트를 받는 애들은 따로 있잖아.

로봇 만화를 봐도 김박사는 언제나 조연이다. 전면에 나서는 파일럿이 사랑을 받지. 아, 물론 김박사, 남박사, 윤박사 등 여타 정의의 박사님들이 매드 사이언티스트란 건 아니고. 혹시 어딘가에 팬클럽이 있다면 사죄하고 싶다.

"음? 저건?"

그때 매드 사이언티스트와 정면으로 시선이 마주쳤다. 그는 곧 광소를 터뜨렸다.

"캬캬캬캭! 아아 그렇구먼. 저 녀석은 똥 덩어리에 떨어져서 살아남은 건가! 억세게 운이 좋아. 낄낄. 저런 녀석은 데려가서 그 운이 내게 전염되게 만들어야 해. 뭐, 하인으로 부려도 쓸모가 있을 것같고."

아니, 이 양반이 대체 무슨 소리를 하는 거지?

여보세요.

싫다는 듯 몸을 흔들었지만 그게 오히려 매드 사이언티스트의 주위를 더 끄는 모양이었다. 늙은 그의 눈에는 가학심이 가득 차 있었다.

"요즘 일손이 부족한데 잘 되었구먼. 아니면 개조를 좀 해 볼까? 원판이 너무 밑바닥인데 개조가 되려나? 아니지, 아니야. 저런 최하급 벌레를 개조해 전투력을 발휘하게 하는 것도 나름 괜찮지 않은가! 낄낄낄. 그래도 굼벵이는 너무 답이 없으니, 좀비 정도로 만들어 주면 적당하겠어. 녀석이 동굴 오거를 이긴다면 그야말로…. 우낄낄낄!"

뭐가 재밌는지 매드 사이언티스트는 정신을 못 차리고 있었다. 나는 아무래도 생체실험 대상이 될 모양이다.

거절할 권리는…… 역시 없으려나?

내가 무슨 생각을 하든 말든 그는 앞으로 다가오더니 손바닥에 침을 탁 뱉고는 슥슥 비볐다.

"냄새가 정말 지독해. 어차피 다 죽어가는 천한 몸뚱이 따위는 쓸 곳이 없지. 영혼석만 쏙 빼가서 이식하면 되겠군. 아무리 벽돌 굼벵이라도 목숨이 붙어 있는 존재의 영혼석은 나름 쓸모가 있기 마련이니."

이 세계에서 육체는 하드웨어고 영혼석은 소프트웨어쯤 되는 모양이었다. 눈앞의 매드 사이언티스트는 죽어버린 동료의 영혼석을 쏙 보더니 던져버렸는데, 아직 숨이 붙어 있는 나의 영혼석은 가져

가려 한다.

귀한 것은 아닌지 탐을 내는 정도는 아니다. 하지만 꽤 쓸모가 있다고 생각하는 정도일까? 마치 내가 집에 가는 길에 들른 천원샵 같은 곳에서, 염가 제품을 바라보는 시선과 비슷하지 않을까 싶다.

개똥도 약에 쓴다고 하지 않는가?

응? 그 속담이 아니었던 것 같기도 하고.

지이잉!

매드 사이언티스트가 이상한 광선이 뿜어져 나오는 도구로 내 몸을 가르고, 영혼석을 재주 좋게 빼냄과 동시에 정신을 잃었다. 그리고 다시 일어났을 때 나는 이상한 액체에 잠겨 실험 기구 안에 둥둥 떠 있었다.

좋아. 정말 본격적이잖아.

꽤 충격적이긴 했지만 이 정도는 만화에서 많이 봤다고?

1-2. 쓰레기장의 궁전

한동안 매드 사이언티스트의 실험실 안에 있는, 수상한 액체로 가득 찬 유리관 속에서 머물렀다. 상당히 끈적거리고 이상한 냄새가 날 듯한 액체였지만 감각기관이 없는 탓에 뭘 알 수가 있나.

그나마 다행인 점은 있다. 안구가 없어도 혼이 영혼석에 깃들어 있는지라 상황을 살필 수 있었다.

어지러운 주변의 정경은 그야말로 영화나 만화에서 볼 수 있는 사이코 과학자의 전형이다. 난장판으로 구르는 기재 속에서도 용케 필요한 물건이 있을 때마다 찾아내는 매드 사이언티스트가 신기할 지경이었다.

더 재밌는 사실은 생물의 몸이 그 과학자에게는 기계 부품이나 마찬가지인 듯 보였다. 지금도 매드 사이언티스트는 누구의 것인지 알 수 없는 팔다리를 살펴보며, 마치 자동차 정비업소의 기술자 같은 표정을 짓고 있다.

아무래도 내게 끼워 맞출 '부품'을 찾는 듯했다.

"낄낄낄. 간만에 재미가 좀 있는걸. 그냥 좀비야 많이 만들어 봤고 흔하니, 복합소재의 합성 좀비를 만들어 볼까? 그건 나도 처음인데 어느 정도 능력을 발휘해 줄지 모르겠군."

저기요, 라고 부르고 싶었지만 입이 없는 게 한스러웠다. 설령 불렀어도 저 매드 사이언티스트는 틀림없이 무시했겠지. 이미 자신만의 세계에 완전히 빠져버린 듯했다.

어릴 때 비행기 모형 같은 조립식 장난감을 구하면, 한동안은 완전히 정신을 놓지 않는가? 마치 그것과 비슷했다. 대신 그가 날 연휴가 끝나 친척집을 떠날 때면 소중히 만든 게 무색하게 버리고 왔던 비행기처럼 취급하지 않길 바랄 따름이었다.

"맞아. 요즘 늙어서 그런지 힘이 부치는군. 조수로 부릴 똘똘한 놈이 필요하지. 그건 그렇고 너무 스펙을 높게 만들면 문제가 되려나? 아니지, 킥킥. 영혼 속박을 걸면 꼭두각시에 불과해. 맞아, 그래."

대체 일이 어떻게 돌아가는 건지.

궁금증을 참기 힘들었지만 딱히 할 수 있는 행동이 없었기에 물끄러미 그가 하는 꼴을 지켜보았다.

그는 냉장고 비슷한 시설에서 여러 신체 부품들을 갖고 나와 주변에 어지럽게 늘어놓았다. 일부는 마음에 들지 않는지 다시 가져다 놓기도 하고 한동안 부산을 떨었다.

구경하고 있자니 마치 레진킷의 부품을 늘어놓고 완성된 모습을 머릿속으로 그려보는 사람 같았다. 그 뒤로도 제법 부지런히 움직이던 매드 사이언티스트가 돌연 혀를 찼다.

"역시 재료가 완벽하지 않구먼. 그래도 이 정도로도 충분히 쓸 만한 녀석을 만들 수 있겠어! 누가 만들고 있는데! 암만!"

머리, 몸통, 두 개의 팔, 두 개의 다리.

모두 다 다른 존재의 것이었다.

일단 몸통이 무척 독특했다. 흉부는 튼튼한 사내의 것과 다르지 않았는데, 문제는 그 아래 허리였다.

내장이나 여타 기관들이 아예 없었다. 그저 척추 뼈 하나만이 길게 늘어져 있었다.

그로테스크하군.

속으로 한숨을 쉬지 않을 수 없었다. 그 와중에 척추 뼈가 금속 재질과 비슷한 느낌으로 무척 굵고 단단해 보인다는 점이 눈에 들어왔다. 전 주인이 궁금해진다.

두 다리는 서로 길이가 안 맞아서 문제로 보였는데, 그건 곧 열정적인 매드 사이언티스트 님께서 해결해 주셨다.

맙소사!

톱으로 썰고 있잖아!

슥삭슥삭. 갈수록 엽기 토막 살인의 현장이 되는 것 같아 눈살을 찌푸리지 않을 수 없었다.

두 팔도 가관이었다. 팔의 한쪽은 무난한 성인 남성의 것이었는데, 다른 쪽이 문제였다.

집게발이다…….

내가 무슨 가재냐.

전력으로 항의하고 싶었지만 내 영혼석은 주인의 감정과 달리 고요하게 떠 있을 뿐이었다.

"낄낄. 이 집게발로 적을 격퇴할 수 있겠지. 옳지! 이 녀석에게 내 조수 겸 경호를 맡기는 거야."

마지막으로 얼굴은 창백해 보이긴 했는데, 날카로운 인상의 미남자였다.

　꽹장하네. 여기 오기 전의 나보다 백배는 잘 생겼어. 유일하게 그 거 하나만은 마음에 들었다. 그래봐야 시체 얼굴이지만 우수에 젖은 표정이 약간 멋있었다.

　"좋아! 이 정도면 충분해. 슬슬 가조립이라도 해볼까? 이후에는 조율하고 안정화 작업을 진행하면 될 거야."

　매드 사이언티스트는 끊임없이 혼잣말로 자기 자신에게 진행 상 태를 보고했다.

　이 사람….

　친구가 없구나.

　어쩐지 동정심이 일었다. 하지만 그런 감정을 섣불리 갖기에 그는 위험하고 가학적이며 잔인해 보였다.

　어쨌거나 마족이었다. 썩어도 준치라고 이런 쓰레기장 구석에 박 혀 있어도 마족은 마족이다. 지금이야 내가 영혼석 상태니 유리관 안에 대충 박아 놨지만, 육체를 갖고 활동할 때는 무서운 주인님이 될 확률이 높았다.

　게다가 영혼 속박이라는 이름만으로도 끔찍한 짓을 한다고 하지 않는가? 물론 순한 양처럼 고분고분 당해 줄 생각은 없었다.

　참고 기다리면 반드시 때가 올 것이다. 적어도 벽돌 굼벵이 시절 의 그 한없는 절망보다 지금의 처지는 훨씬 좋았다.

눈을 번뜩이고 포기하지 않을 작정이다. 이미 이 이상한 세계에서의 삶은 현실이 됐음을 인정하지 않을 수 없었다.

그러는 사이에도 매드 사이언티스트는 계속 움직였다. 자기 자신의 작업에 홀린 듯 보였다. 이쪽에는 전혀 관심을 주지 않았다. 덕분에 이런저런 상념에 빠져 갔다.

생각이 많아지니 의문이 피어올랐다.

나는 왜?

어떡해서 벽돌 굼벵이면서도 지성을 잃지 않았나?

알 수 없는 일이었다.

머릿속에 떠오르는 바가 없는 건 아니지만, 아직 섣부르게 결론을 내리긴 일렀다.

그로부터 나흘 뒤, 마침내 내 영혼석이 들어갈 육체가 완성되었다.

날카로운 인상의 미남자의 육체에, 허리 부분의 척추는 훤하게 드러났고, 왼팔은 집게발이다. 기괴하긴 해도, 지하세계 기준으로는 나름 괜찮은가? 어쩐지 포스 있어 보이기도 하고.

"후우, 한숨 돌렸군. 역시 내가 만든 것이지만 빼어난 솜씨야. 낄낄낄. 다른 놈들은 이런 이 몸의 위대함을 몰라준다니까."

그는 자기 나름대로 이 분야에 쌓은 실력이 꽤 있는 듯했다. 하지만 주류에서 벗어나 이런 쓰레기장 근처에서 실험실을 만들어 살아가는 꼴을 보면, 진짜 제대로 된 마족 과학자에 비해 삼류이리라.

원래 재야의 인사치고 멀쩡한 부류가 없는 법이다. 소설에나 숨은 고수가 나오지, 은거기인이란 실제로는 주류 사회에서 밀려난 낙오자들이 보통이다. 최신 기법이나 연구에서 멀어져서는 자기 나름대로의 방식에 빠져 간다. 물론 그러다가 그 특이한 개성 덕에 대박을 터뜨리는 경우도 가끔 있지만.

"자! 이제 그럼 영혼석을 업그레이드해야겠구먼!"

그동안 들은 게 있어 이제 그가 뭘 하려는지 알았다.

새로 만들어진 육체는 괜찮아 보인다. 적어도 좀비 감독관들과는 격이 달랐다. 그런 육체에 영혼석이 안착하기 위해서는, 영혼석도 나름의 격에 맞을 필요가 있었다.

현재 내 영혼석은 벽돌 굼벵이의 것이니 그야말로 폐기처분해도 마땅한 수준. 그나마 영혼이 깃들어 있는 영혼석이란 점에 메리트가 있는 모양이었다.

이처럼 영혼이 깃든 영혼석을 구하기란 의외로 어렵다는 걸 그의 태도를 보면 알 수 있었다. 매드 사이언티스트가 몇 번이나 운이 좋았다고 헤벌쭉 웃어 댔다. 벽돌 굼벵이의 영혼석은 보통, 육체가 죽은 사이에 깃든 영혼이 부화장으로 재빠르게 이탈해 버리기 때문이다.

"자, 시작해 보실까."

광기에 찬 얼굴로 매드 사이언티스트는 내 영혼석이 든 유리관을 집어 올렸다.

부디, 살살 부탁드립니다.

그리고 그 뭐냐, 영혼 속박인가 하는 괴상한 시술은 재고 좀 해 줬으면 하는데 말이죠.

속으로 그러거나 말거나 매드 사이언티스트는 열심히 영혼석 유착 과정에 집중했다. 곧이어 그는 날 통째로 들어올렸다. 안타깝게도 지금의 나는 작은 돌멩이 정도여서 쑥, 하고 딸려갈 수밖에 없었지만.

그 후, 매드 사이언티스트는 특별한 공정을 반복해 내 영혼석을 강화시켰다. 새로운 육체의 격에 어울리게 영혼석을 바꾸는 작업이었다. 듣기로는 어느 정도 호환이 되면 기존 영혼석을 새 육체에 바로 집어넣을 수도 있을 법했지만, 벽돌 굼벵이의 영혼석은 너무 저급이라 어림도 없다고 했다.

얼마 후 내 영혼석은 잡석과도 같은 형태에서 옥과 비슷하게 은은한 빛을 뿌리는 모습으로 바뀌었다. 또한 크기 역시 커졌고 말이다.

영감탱이. 신경 좀 썼잖아?

그리고 얼마 뒤 그는 날 조심스럽게 들어 새로운 육체의 심장 안에 집어넣었다.

뭐야, 좀비의 약점은 머리가 아니라 심장이었나? 좀비 영화에서는 보통 머리를 까부수면 끝나던데 말이야.

아무래도 영혼석을 가진 존재라 그런지 이쪽 세계의 좀비들은 달라도 뭔가 다른 듯했다. 정신이 이상해 보이긴 했지만 말도 할 수 있고 말이야.

그러나 곧 그런 한가한 생각을 더는 할 수 없었다. 온몸을 조여 오는 괴상한 감각에 몸서리치지 않을 수 없었기 때문이었다.

영혼이 몸에 유착하는 경과는 참으로 기괴하고 신비로웠다. 점점 신경이 이어져 가며 몸을 통제할 수 있게 되는 과정. 그리고 작은 돌멩이로서 세상을 보다가 이족보행의 생물로 돌아가는 느낌은 참 희한했다. 유리관 속이 조금 편했나, 싶을 정도의 약간의 저항감이 계속되었다.

몇 시간 후 모든 과정이 끝났고, 자신만만한 얼굴로 날 보는 매드 사이언티스트 앞에서 눈을 뜰 수 있었다.

"어떤가? 기분은? 크하하하핫! 끌끌끌. 이 몸이 만들었으니 훌륭하겠지!"

현재 나는 알 수 없는 이유 때문에 듣기가 가능했고, 그 덕에 줄곧 그의 말을 알아들어 왔다. 그러나 전술했었던 바와 같이 말하기, 쓰기, 읽기는 어림도 없었다. 뭣보다 이 세계의 문자는 내 눈으로 보기에 종이 위에 지렁이 그 이상도 이하도 아니었다.

때문에 모처럼 진화 아닌 진화를 한 덕에 성대를 갖게 되었지만 제대로 그에게 대답할 수가 없었다. 아직 적응이 안 된 탓에 목에서는 어눌한 한국어가 튀어나왔고, 매드 사이언티스트는 크게 당황했다.

"엥? 그건 어느 종족의 말이지?"

"$%#@$^%^"

다시 한국말로 대답하자 그는 매우 곤혹스러운 표정을 지었다.

"망할! 바로 하인으로 부리려고 했는데, 굼벵이 몸에 들어갔던 영혼이 아주 먼 곳에서 온 이방인인가 보군. 이 천재께서 못 알아들을 정도로 이상한 언어를 쓰다니 말이야. 대체 뭐하는 놈이야?"

곧 매드 사이언티스트는 들고 있던 봉으로 내 머리를 기분 나쁘게 톡톡 때리며 물었다.

"이 쓸모없는 천것아. 땅밑 공용어를 모르느냐? 아니면 마족어나 지하 드워프어는? 아니면 다크 엘프나 그림자 용의 말은?"

스스로 천재라고 했듯 매드 사이언티스트는 아는 언어가 상당히 많은 모양이었다.

이렇게 언어적인 능력이 비범했다면, 여기 말고 노량진 학원가에 가보지 그랬냐. 돈을 바가지로 긁어모을 텐데.

여담이지만 노량진의 잘나가는 강사들이 가끔 수업 중에 뜻 모를 웃음을 터뜨리는 경우가 있는데, 누가 말하길 강남에 사 놓은 빌딩이 생각나서 그런다고 했다. 아니면 눈앞에 있는 호구들이 갖다 바치는 돈에 기뻐서 웃었든가.

"&^%@%@$(노량진에 가서 살아)."

"이이잇!"

다시 한국말을 하자 매드 사이언티스트는 역정을 내었다. 아무래도 그를 더 자극하지 않는 게 좋을 듯해 이 말 이후로는 입을 다물어 버렸다.

무척이나 열이 오르는지 곧 그의 새파란 두 눈에서 번개가 튀어오르고, 입에서 불길이 넘실거렸다. 내심 그 마력의 향연에 놀라지 않을 수 없었다. 눈앞의 존재를 그간의 경망스러운 행동 탓에 은근 얕잡아 보고 있었는데, 철저한 오산이었다는 점을 실감했다.

눈앞의 매드 사이언티스트는 마족이었다.

비록 밀려나 볼품없는 위치에 있다고 해도, 마족은 마족이었다. 지금 꽤 강한 육체를 얻었다고 하나 그의 무력에 상대도 되지 않을 것임을 직감했다. 게다가 나는 마력도 다룰 줄 모른다.

"끄으읏. 할 수 없구먼. 하나부터 열까지 다 가르치는 수밖에…"

불만을 터뜨린 매드 사이언티스트의 눈은 일순간 두려울 정도로 번뜩였다.

"네 머리가 충분이 좋아야 할 것이다. 안 그러면 앞으로 상당히 괴로울 테니. 낄낄낄. 나는 어디에서나 기다리지 못 하는 성격이란 얘기를 듣거든."

그의 말에 정신없이 머리를 끄덕였다.

"뭐야? 알아듣는 거냐? 아니, 그럴 리가 없겠지. 그냥 의미만 전달된 건가? 끌끌. 눈치가 빠른 놈인가 보군. 그래, 난 그런 놈은 싫어하지 않아."

매드 사이언티스트는 들고 있는 봉으로 내 몸을 쿡쿡 쑤시며 가학적인 미소를 지었다.

그가 마음에 안 들긴 했으나 지금은 방법이 없어 나는 최대한 순종적인 기적을 보였다. 물론 속으로 이를 갈고 있었지만. 그래도 일단은 날 벽돌 굼벵이에서 구해서 이렇게 근사한 몸에 이식해 준 점은 감사한다.

아니, 이 그로테스크한 몸을 근사하다고 생각하다니, 내 감성도 참… 꽤나 이 세계에 적응했군.

말이 나왔으니 말인데 그간 본 놈들이라곤 같은 벽돌 굼벵이 동료들, 좀비 감독관, 한 번 다녀간 하급 마족 정도니, 사실 이 육체는 꽤 빛나는 비주얼인지도 모른다. 어쨌든 얼굴은 시크하게 잘 생겼으니. 물론 깊은 다크서클에 시체에게서나 볼 수 있는 창백함이 결코 상큼

한 미남이라 하기는 어려웠다. 그래도 반쯤 썩고 있는 좀비 입장에서는 찬양할 정도의 미남자였다.

아무튼, 나는 그렇게 좀비 중에서도 상위에 속하는 좀비가 되었다.

"좋아. 그 문제는 그렇게 하고 일단 네놈에게 영혼 속박을 걸어야겠구먼. 말을 잘 듣게 생기긴 했다만 역시 입맛대로 조종할 수 있는 게 제일이지. 낄낄!"

이쪽은 전혀 안 좋은데.

불만 가득한 내 얼굴을 무시하고 매드 사이언티스트는 다시 뭔가를 준비하며 분주하게 움직이기 시작했다.

순간, 죽이 되든 밥이 되든 그에게 달려들어야 한다는 생각이 들었다.

영혼 속박이라니.

그게 걸리면 완전 끝장일 듯한 예감이 물씬 풍겼다.

하지만 별 수가 없었다. 일단 팔다리는 모두 잘 묶여 있었기 때문이었다.

조심성이 많은 놈이었군.

"좋아, 바로 진행해 주마! 원, 녀석도 참. 그렇게 기쁜 것이냐? 낄낄. 하긴 이 이름 높은 대과학자님의 수하가 될 것이니 싫을 리가 없다."

시체임에도 다시 새파랗게 질려가는 내 얼굴을 보며 매드 사이언티스트는 더없이 흡족한 표정을 하고 있었다. 이윽고 서둘러 준비를 한 매드 사이언티스트는 곧 주문을 영창하기 시작했다.

아아아! 안 돼!

이렇게 의지를 잃은 꼭두각시가 될 수 없어!

놀라서 발버둥을 치는 내 모습을 지켜보던 매드 사이언티스트는 유쾌한지 크게 웃음을 터뜨렸다.

"크하하하핫! 나는 루제플 마이드낚쓰다! 앞으로 네놈이 모셔야 할 분이니 잘 기억해 둬라!"

됐다. 네 이름 따위는 궁금하지 않다.

아니, 그건 그렇고……, 쟤나 나나 뭔가 중요한 걸 놓치고 있는 기분인데.

어라?

뭐야?

영혼 속박.

걸리지 않았어?

이게 어떻게 된 거지?

분명히 이상하고 알 수 없는 일이었다.

그저 본능적으로 눈앞의 저 매드 사이언티스트, 루제플이 영창한 주문의 절차에 문제가 있음을 깨달았다. 한데, 루제플 본인은 사태를 전혀 알아채지 못하는 모양이었다. 아니, 애초에 이 과정에서 오류가 생기리라고는 전혀 고려해 본 적도 없는 듯했다. 표정은 자신만만했고, 그간 힘든 과정을 다 끝냈다는 만족감이 어려 있었다.

"흐흐흐."

불과 몇 초 사이에 나는 두뇌를 풀가동했다. 거의 본능적이라고 봐도 좋다. 영혼 속박이 걸리지 않은 이 특이한 상황이 날 살릴 유일한 열쇠임을 직감했고 어떻게 행동해야 할지 고심했다.

속인다.

영혼 속박이 완료된 양 루제플이 계속 착각하게 만들어야 했다. 일단 루제플이 오인하게 만들어 놓고 그가 다시 눈치를 채기 전까지 활로를 찾아야만 한다.

그리 다짐하고는 겉으로는 더없이 순종적인 자세로 루제플을 대했다.

"옳지! 크크크크!"

좀 누그러진 모습으로 내가 잘 묶여서 움직이지 않는 몸을 굽실거리자 그는 기분 좋은 웃음을 터뜨렸다.

그러다 갑자기 정색해서는 명령을 내렸다.

"오른손 들어 봐."

오른손을 들었다. 눈치로 알아듣는 척하며 지체 없이 오른손을 들었다. 그러자 루제플이 다시 몸짓을 하며 명했다.

"왼손 들지 마."

움찔!

들 뻔 했다! 들 뻔 했어!

우와, 이 나쁜 놈.

쿵쾅쿵쾅! 하고 심장이 터질 것만 같았다. 하마터면 결연한 각오를 다지자마자 바로 걸릴 뻔했다.

사람 능욕하는 것도 정도가 있어야지.

그러나 겉으로는 태연을 가장했다. 아직까진 문제없었지만 의심하는 듯한 루제플의 표정은 풀어지지 않았다.

1초가 천년 같다.

정말, 이 말에 절절히 공감할 수 있는 사람들이 아무리 많더라도 지금 이 순간이라면 내가 세계 최고다. 그렇게 심장이 타들어 갈 무렵, 루제플은 피식 웃었다.

"쩌는구먼!"

아무래도 의심스러운 눈초리가 아니었던 모양이다. 그냥 자기 작품에 다른 문제는 없는지 검수하는 장인의 눈빛이었던 듯하다.

휴우. 10년 감수했네.

루제플은 자신의 공정에 한 치의 의심도 없는지 곧 나를 풀어 줬다.

<u>으으윽.</u>

몸 이곳저곳이 뻐근하고 아프다. 당장 스트레칭이라도 해보고 싶은 기분이었지만 일단 루제플 앞에 얌전히 섰다. 다행히 그는 그런 태도가 만족스러운 듯했다.

자, 이런 과정으로.

영혼 속박에 걸리지 않은 채, 삼류 매드 사이언티스트의 조수로서 제2의 인생을 시작하게 되었다.

이 지하세계에서 말이지.

머리가 터질 것 같다.

하지만 결코 게으름 부리지 않았다.

살면서 이렇게 공부를 열심히 해 본 적도 없다. 솔직히 이 기세라면 당장 유명한 대학에 붙어도 이상하지 않을 지경이었다. 잠도 안 자고 결사적으로 공부에 매진했다. 정말 문자 그대로 결사적이었다.

왜냐하면, 목숨이 위협받고 있는 상황이었으므로.

"이 쓸모없는 녀석! 생각보다 똑똑한 줄 알았더니 그냥 그렇구먼! 이번 주 안으로 이 책을 다 못 외우면 폐기해 버릴 줄 알아!"

아직도 루제플의 역정이 귓가에 맴돈다. 그는 내가 이쪽 언어의 리스닝이 되는 줄 모르고 있다. 그 덕에 대강 알아듣는 듯한 태도에 내 지능을 과대평가하고 있었다. 그러나 며칠이 지나자 곧 내 별 볼 일 없는 머리는 만천하에…, 는 아니고 이 작은 연구실에 드러나게 되었다.

이 때문에 루제플은 창조의 기쁨으로 보여줬던 넉넉한 모습을 싹 잊어버렸다. 그리고 가학적이고 신경질적인 매드 사이언티스트 본연의 모습으로 돌아왔다.

그는 마법과 실험용 마법봉으로 죽을 정도로 날 구타, 고문했다. 태어나서 그렇게 아프고 고통스러웠던 건 처음이었다. 내 비명이 커질수록 그의 괴롭힘은 가열되어 갔다.

세상에, 채찍이라니.

그런 건 귀갑 묶기가 된 미소녀에게나 쓰시죠.

진짜 지금까지의 좀비 감독관들은 애교였다. 벽돌 굼벵이를 괴롭히던 그들이 얼마나 허술했는지 새삼 느낄 수 있었다. 화난 마족은 공포 그 자체였다.

다시 혼나지 않기 위해 죽도록 책을 파고들었다.

역시 사람은 자율적으로는 하지 못하고 이렇게 몰려야 노력하게 된다. 매가 약인가 하는 자괴감도 들었다. 현재 있는 방은 실험실 옆에 딸린 작은 창고인데, 영혼 속박이 걸린 이후로 줄곧 여기에 있었다.

주인님.

아니, 그 개새끼는 언어를 통달해야 실험실의 다른 구역을 돌아다니게 허용해 줄 것 같았다. 일단은 이 좁은 창고에 박아놓고 최대한 지식을 쑤셔 넣을 작정인 듯했다.

우선은 언어부터다.

현재 죽도록 땅밑 공용어를 익히고 있었다. 나중에 타르나이어(내가 마족이라 부르는 종족의 언어)도 필히 배워야 한다고 으름장을 놓고 있어 요즘 밤에도 잠을 못 이룬다.

아니, 사실은 잠을 자지 않는다고 할까.

실내에만 있어 밤이 언제인지도 잘 모르겠고.

이 불리한 상황 속에서도 한 가지 장점은 내가 잠을 안 잔다는 데 있다. 좀비라 휴식을 취할 필요가 없다. 그냥 신체가 무너지면 쓰러다. 몸의 재생이나 회복의 과정이 없었다. 하급 언데드의 삶이란 다 그런 모양인 듯하다.

그래도 그 덕에 창고에 박혀, 인간일 때는 상상도 못할 수준으로 시간을 활용할 수 있었다. 밤에 잠만 안 자도 공부할 수 있는 시간이 비약적으로 늘어났다. 흡사 시간과 공간의 방에라도 들어온 기분이었다.

거기다 죽을 정도로 무서운 루제플의 압박과 강요가 이어지고 있어 동기부여는 아주 충만하다.

스스로 결심할 때보다 협박이 더 효율이 높다니…….

나란 놈은 정말.

웅얼웅얼.

결국 정해진 기간 안에 땅밑 공용어 입문서를 달달 외울 수 있었다.

덕분에 열나게 얻어터질 것을 몇 대 맞고 끝냈다. 원래라면 안 맞아야 할 텐데, 분위기를 보아하니 그날 했던 중요한 실험에 실패했던 모양이었다.

그래도 폐기되지 않은 게 어딘가?

또 하루를 살 수 있다는 사실에 감사할 따름이었다.

석 달 뒤.

루제플의 실험실과 연구소를 돌아다닐 수 있게 되었다. 처음 생각했던 크기보다는 훨씬 규모가 있는 곳이었다.

3층짜리 전원주택 크기랄까? 내부의 평수는 150평이 넘어 보였다. 그리고 아직 가지 못하는 구역도 있었으니, 이보다 더 클 듯했다.

생각보다는 성공한 과학자였군. 쓰레기장 옆이긴 해도 이정도 아지트를 구축하고 있다니. 아주 허당은 아닌가봐.

그리고 또 하나 알게 된 사실이 있는데, 그에게는 고용인이 넷 있었다. 아니, 세 명하고 한 마리라고 할까? 정확히 설명하자면 3명의 좀비와 1마리의 좀비화된 동굴 늑대였다.

언데드 페티시인가.

아니면 좀비가 부리기 편해서 그런가.

잘은 모르겠다.

아무튼 이제 어눌하게나마 말하기가 가능해져 이런 소소한 구경도 할 수 있게 되었다. 뿐만 아니라 단기간 노력한 결과라고 생각할 수 없을 정도로 듣기는 완벽했고 쓰기와 읽기도 상당한 수준이 되었다.

이제 어지간한 건 다 할 수 있었다. 이런 성취가 나의 평범한 머리에서 나왔다고 생각해 보면 놀라운 일이었다. 이게 다 죽을 정도로 괴롭히고 독촉한 루제플 덕분이었다.

제길. 스승의 은혜가 하늘같이 높아서 눈물만 흐른다. 물론 이 눈물에는 원한이 가득하다.

이 일을 계기로 어떤 일을 할 때 집중도가 얼마나 중요한지 다시 한 번 깨달을 수 있었다. 10년 넘게 영어를 해도 소용없던 내가 석 달 만에 땅밑 공용어에 이리 일취월장할 수 있다니 말이다.

"이리 모두 모여라."

현재 다른 넷과 함께 집합한 상태였다. 루제플의 실험실 앞에 있는 작은 정원, 이라기보다는 그냥 쓰레기장 같았지만, 어쨌든 이곳에 그를 보며 모였다.

그들 넷(좀비 셋에 좀비화된 동굴 늑대 하나)은 사이좋게 모여 있었지만, 나는 거리를 두고 따로 서 있었다. 슬쩍 관찰해 보니 좀비 중에서도 덩치가 제일 작은 녀석은 한 걸음정도 떨어져 있었다. 흡사 왕따라도 당하는 분위기와 비슷했다. 몸에 상처도 많았고 의기소침하게 고개를 숙였다.

아니, 시체니까 의기소침한 게 다행인가? 그렇다면 지극히 건강한 것일 테지만.

"오늘 너희들을 모이라 한 건 말이다."

루제플은 일장연설을 시작했다.

이 세계에서 전혀 존경받지 못한, 재야의 삼류인 미친 과학자가 그다. 우리들 앞에서라도 거들먹거리고 싶겠지.

속으로 그를 비웃고 있었는데, 이윽고 루제플이 깜짝 놀랄 만한 소리를 했다.

"나는 이 가재발을…."

그래, 고맙다.

내 이름은 가재발이었구나.

크흑. 가재발이라니. 어쩐지 옛날 개구리 왕눈이에 나왔던 악당이 생각나잖아. 기왕이면 가재발 대신에 '코드네임 크레이피시'라고 해 줘도 좋을 텐데 말이야.

"내 조수이자, 위대한 실험실 아크 팰리스의…."

러니 생전에 그랬듯 남자들이 여자에게 가식을 떨며 알랑방귀 뀌지 않는다.

전에 살던 지구에도 하룻밤이라도 여자를 안아 보려고 거짓된 행동이나 교묘한 말을 하는 자들이 많았다. 전근대 사회도 아니니, 여성과 동침하려면 당사자의 동의가 필요하다. 그 과정에서 서로 커플이란 형태의 계약을 하든 아니면 하룻밤 유희로 끝내든가, 그건 각자의 자유였지만.

그러니 자연히 허락할 수 있는 권리를 가진 여자의 위세가 강할 수밖에. 게다가 대한민국은 남초 사회니 더욱 어려운 형편이었다.

사실 그래서 나도 남자들이 기본적으로 여자의 비위를 맞추고, 여자들이 도도하게 구는데 별 거부감이 없다. 그냥 봐 오던 모습이니 자연스럽게 그리 생각하고 있었다.

하지만 좀비의 세계는 절대 다르다.

그냥 힘과 폭력으로 서열을 정할 뿐이다.

그들에게 우아한 타협과 재기발랄한 협상을 기대하기란 무리다. 주먹과 몽둥이로 내가 옳고 네가 틀렸음을 증명할 뿐.

사실 장점도 있다. 여자 좀비는 강간의 위험에서 자유로워질 수 있다.

하지만 단점도 있었으니, 그 때문에 무자비한 폭력에 노출되었다. 상대적으로 작은 여자 체구 탓에 좀비 특유의 폭력 문화에서는 사회적 밑바닥을 구성할 수밖에. 물론 덩치가 좋은 여자 좀비는 남자 좀비를 두들겨 팰 수 있었으나 흔한 경우는 아니다.

결론적으로 말하면 성 역할이 없어지고, 그냥 덩치와 완력 순으로 정렬하게 된다.

불쌍하군.

몽둥이를 들고 흉흉하게 서 있는 두 좀비 옆에 처연하게 서 있는 저 작고 구박받는 여자 좀비는 그런 위치인 것이다. 인간일 때도 하늘하늘했을 것 같은데, 시체인 탓에 기아에 허덕이는 난민의 모습이었다.

아니, 남 걱정할 때가 아니지.

어떡하지?

그 순간, 더 생각할 여유를 주지 않고 벙어리 좀비가 쇠파이프를 휘두르며 달려왔다. 녀석은 박쥐 오크를 기반으로 하는 좀비였기에 덩치가 좋아 아주 위험해 보였다.

"우어어어엉!"

기합도 참 좀비답다.

"으앗!"

놀란 탓에 왼손을 올려서 본능적으로 막아냈다. 참고로 왼쪽이 가재발이다.

퍼억!

요란한 소리가 났다.

타격의 순간 눈을 질끈 감고 몸을 움츠렸다.

소설 속 주인공처럼 멋지게 싸워 보고 싶었는데 불시에 허를 찔렸으니 그냥 반사 신경에 의존할 수밖에.

"어어?"

입에서 놀란 탄성이 튀어나왔다.

내려친 쇠파이프는 가재발에 막힌 뒤 보기 흉하게 꺾여 있었다. 단단한 외피로 둘러싸인 가재발에는 아무런 통증도 느껴지지 않았다. 흡사 철갑을 두르고 있는 기분이다.

와, 이거 좋은데?

입가에 절로 웃음이 지어졌다.

자신만만한 눈으로 날 때린 벙어리 좀비를 쏘아보자, 녀석은 몸을 크게 움찔했다. 씩 웃고는 자연스럽게 벙어리 좀비의 허리를 가재발로 쥐었다. 새삼 내가 강하단 사실을 깨닫자마자 바로 움직이게 된 것이다.

좋아. 이 녀석을 들어올려야지.

아무래도 이 가재발은 힘이 굉장히 세 보이니까.

그렇게만 하면 뒤에 있는 포권 좀비와 왕따 좀비도 놀라서 덤벼들지 못할 것 같았다.

하나 그 기대는 바로 빗나가고 말았다.

철푸덕. 철퍽.

가히 듣기 좋지 않은 소리가 나더니 벙어리 좀비의 상체와 하체가 각기 떨어졌다.

"어라?"

당황하지 않을 수 없었다. 하지만 가재발에 번들거리는 체액과 피가 명확히 말하고 있었다.

내가 저 좀비의 허리를 두 동강 내 버린 것이다.

벙어리 좀비는 당황해서 "으어어어엉!" 하는 성대의 끊는 소리를 내며 바닥에서 허우적거렸다. 하체 역시 허공답보라도 하듯 공중을 밟고 있는 꼴이 인상적이었다. 저거 다이어트 할 때 하는 스트레칭 아닌가?

"크하하하하핫! 과연! 과연이야! 이 몸의 자신작답군!"

곁에서 지켜보던 루제플은 박장대소하며 좋아했다. 어리둥절하던 중 이어진 그의 말에서 사태를 파악할 수 있었다.

"아직 힘 조절이 안 될 테지! 그래도 훌륭한 파괴력이었다!"

아무래도 살짝 쥔다는 게 아직 익숙지 않은 가재발이 그냥 허리를 동강 내 버린 듯하다.

아래서 허우적거리는 벙어리 좀비의 모습이 실로 그로테스크하다. 가끔 게임에 보면 허리가 잘린 좀비가 두 손으로 신음하며 기어오던데, 딱 그 꼴이다.

어떻게 할까? 좀비라면 이대로 죽지 않을 터.

차라리 깔끔하게 눈감게 해 주는 편이 좋단 생각에 가재발을 들어 올리자 루제플이 말렸다.

"그쯤 해 둬라. 요즘 인력도 부족하니 다시 꿰매서 써야겠다."

뭐야. 꿰매면 되는 거였냐.

심각하게 생각했던 게 바보 같다는 느낌에 헛웃음이 흘렸다. 일단 그렇게 벙어리를 제압하고는, 파이프를 들고 있는 다른 두 좀비를 응시했다.

왕따 좀비는 어쩔 줄 몰라 했다. 포권 좀비는 결연한 표정으로(그래봐야 썩은 동태눈이지만. 뭐 그래도 일순간 생태 눈깔처럼 살짝 반짝이긴 했다) 쇠파이프를 내밀고 전진해 왔다. 움직임이 좀비치고는 날렵하다.

"흐음?"

그런데 포권 좀비의 자세가 범상치 않았다. 아니 저건 내가 즐겨 보던 케이블 무협에서 본 폼이 아닌가? 저 녀석 나랑 같은 채널의 애청자였나?

포권 좀비는 내 눈에 깃든 이채를 눈치챘는지 자신 있게 외쳤다.

"비록 그대의 근골이 강하다고 하나 방심하지 않는 게 좋을 것이오! 나로 말하자면 부족하나마 무공을 익힌 몸이오!"

"무, 무공?!"

아니 이게 무슨 귀신 씻나락 까먹는 소리야. 세계관이 조금 어긋나는 느낌이잖아.

어디서 삼재검법이라도 익힌 건가.

정말 가공할 삼재검법이군. 다른 차원까지 퍼지다니.

그러나 비아냥거리는 내 속내에는 아랑곳 않고 그 포권 좀비는 기대 이상의 움직임을 보여주며 돌진해 왔다.

"크하압! 매화출수!"

"뭐? 매화출수!"

그거 무당파잖아! 깜짝 놀란 나는 아무렇게나 손을 휘저었다.

마치 침팬지가 싸우는 것처럼 말이다.

물론 눈은 질끈 감은 채였다.

퍼억!

요란한 타격음과 함께, 숨겨 놓은 절기를 발동하며 찔러 오던 포권 좀비가 찌그러졌다.

들고 있던 파이프와 함께.

아아.

그러고 보니 부족하나마, 라고 했었지.

너무 부족하잖아.

그러니까 케이블만 보지 말고 가서 운동이라도 하라고.

한쪽 팔이 찌그러진 포권 좀비는 바닥을 기면서 날 올려다보았다.

"목숨만은 구명해 주시오!"

항복, 빠르다.

너무 빨라.

"강호에는 아직 인정이 남았다고 들었소!"

울컥, 하고 짜증이 났다. 아직 중국 여행도 못 가 봤는데 강호는 얼어 죽을. 애초에 강호가 뭔지나 아는 건가.

동시에 이 세계로 흘러들어왔을 그 정체를 알 수 없는 무협 소설을 나중에 찾아보겠다고 다짐했다. 어쩐지 나도 본 작품 같은데….

아무래도, 갑자기 무협풍의 좀비가 등장한 건 뭔가 그런 매체가 이 세계로 들어왔단 얘기겠지. 워낙 신기한 일을 많이 겪은 뒤라 이제는 그냥 그러려니 할 뿐이었다.

가재발을 들어올려 일격을 가할 준비를 했다. 물론 루제플의 언급이 있었으니 죽이지는 않을 것이다.

죽이지는.

대신 꿰매서 해결할 수 있는 수준으로 심판할 작정이었다.

퍼억!

"끄아아아악!"

방정맞은 비명이 울려 퍼졌다. 포권 좀비는 여태 보여준 절도 있는 행동이 거짓이었던 것처럼 몸을 뒤틀었다.

"소, 손속에 사정을 두시오! 돌아가면 노부모가 있는 몸이오!"

"노부모는 무슨. 하여간 이빨하고는⋯."

퍽!

"이 무슨 패악이란 말이오! 무림맹이 두렵지 않소이까!"

퍼억!

"나는 사실 마교 117대 교주의 숨겨 놓은 제자!"

너 말이야.

아까부터 설정이 꼬이고 있다고.

"*끄아아아악!*"

퍼퍼퍼퍽!

간만에 이 세계에 와서 쌓인 스트레스가 시원하게 풀리는 것 같았다.

야아, 속 시원하다.

이어진 구타에 개떡이 된 포권 좀비가 다시 입을 열었다.

이번에는 그 가식은 다 없어졌다.

정말 순수하게.

그는 빌었다.

"혀, 형! 살려 주세여!"

짜식.

진작 이럴 것이지.

그 후로는 쉬웠다. 벙어리 좀비, 포권 좀비를 차례로 쓰러뜨리자 왕따 좀비는 그냥 항복했다.

원래부터 전투력을 기대하기 어려웠던 녀석은 한 대 쥐어박으려고 하자 덜덜 떨며 쇠파이프를 떨어뜨렸다. 그리고 머리를 감싸 쥐고 주저앉는 꼴이 더 상대할 마음도 들지 않았다. 턱짓으로 거만하게 한쪽으로 꺼지라고 했고 이후 좀비화된 동굴 늑대를 잡기로 했다.

그런데 이게 웬일.

50킬로그램이나 되어 보이는 그 동굴 늑대가 꼬랑지를 말고 슬금슬금 다가오더니 내 다리에 제 얼굴을 비비는 것이었다.

"하아?"

어이가 없어 멍하니 보고 있자, 곧 동굴 늑대는 몸을 발랑 뒤집어 재롱을 부렸다. 김이 새 루제플을 쳐다보았고, 그는 껄껄 웃더니 자신의 옹색한 실험실…, 아니 아크 팰리스로 들어가 버렸다.

덧붙이자면, 솔직히 안 어울리는 명칭이었지만 그대로 아크 팰리스라고 불러주기로 했다. 본인이 좋아하는 것 같고 말이야. 어디까지나 난 취향은 존중해 주는 남자다.

아무튼, 나머지는 알아서 하라는 것 같았다.

그래서 낮은 목소리로 명했다.

"집합."

그 한 마디에 모두 부리나케 몰려들었다. 허리 아래가 없는 벙어리 좀비가 기는 꼴이 무척 안쓰러웠지만 무시했다.

우물쭈물 서 있는 좀비들을 보며 얘들을 대체 어쩔까 생각을 하

다가 이 군대식으로 길들이기로 작정했다. 고2라 아직 군대는 못 가 봤지만, TV에서 본 게 있다. 좌로 굴리고 우로 굴리고 엎드려뻗치게 하면 되겠지.

아무래도 그건 썩 마음에 드는 생각이었기에 입가에서 웃음을 감출 수 없었다.

<u>흐흐흐.</u>

스산하고 음침한 그 모습에 다들 몸을 오들오들 떨 따름이었다.

그리고 여담이지만, 이후 녀석들에게 이름을 붙여 주었다. 순서대로 하면 포권, 벙어리, 왕따, 똥개였다. 그 이름을 알려주는 순간 인상을 찡그린 자가 여럿이었으나, 가재발을 들자 내 탁월한 작명 실력에 대한 찬사가 끝도 없이 이어졌다.

까불고 있어.

내 이름도 가재발인데 말이야.

그렇게 루제플의 조수 겸 아크 팰리스 관리인 취임식을 끝내고는 비교적 평화로운 시간을 보낼 수 있었다. 물론 매드 사이언티스트 루제플의 구박과 폭행은 여전히 이어졌으나 꾹 참아냈다. 그리고 그런 일들은 벽돌 굼벵이 시절에 비하면 아무것도 아니었다. 그저 언젠가는 크게 뒤통수 한 번 쳐서 이 아크 팰리스를 떠야겠다는 생각을 했다.

지금은 고리타분한 연구만 반복되는 실험실이 이 낯선 세계의 유일한 안식처였다. 이 지하세계에 대해 아무것도 몰랐고, 이곳에서의 삶을 어떻게 헤쳐 나가야 할지 감을 못 잡은 상태였다. 그런 상태이니 이 아크 팰리스에 안주할 수 있는 사실이 고마울 수밖에.

때문에 루제플이 요구하는 노동과 보조를 최대한 수행하면서 나름대로의 이 세계의 지식을 쌓기 위해 노력했다. 다행히 이 매드 사이언티스트의 거주지에는 책이 필요 이상으로 많이 쌓여 있었다.

서책의 수집에도 취미가 있었던 모양이라 곳곳에 모인 책들이 통로도 막을 정도였다. 다만 안타까운 점은 기록된 내용이 읽을 수는 있어도, 그 내용이 너무 어려워 이해할 수가 없다는 것이었다.

법률에 문외한인 사람에게 처음부터 두꺼운 법전을 보여주면 머리가 핑핑 돌 것이다. 그처럼 나도 각종 연구 기록과 전문 지식이 든 책들에 관해 제대로 이해하지 못했다. 수준에 맞는 좀 더 쉬운 책이 절실했으나 안타깝게도 적당한 책을 구하기 어려웠다.

그래도 전체적으로 이곳에서의 삶은 전보다 나았는데, 특히 내 방도 있다는 점이 가장 좋았다. 과거 벽돌 굼벵이였던 시절, 더러운 동굴 구석에서 끈적거리는 동료와 몸을 맞대고 잠들던 데에 비하면 놀라운 발전이었다.

물론 성질 고약한 루제플이 번듯한 곳을 줬을 리 없고, 처음에 한동안 갇혀 있던 창고를 그냥 내 방으로 선포했을 뿐이다.

안에는 지저분한 집기와 별의별 서적이 어지럽게 들어차 있었다. 대부분은 쓰레기장에서 쓸만하다고 생각해 주워 온 물건들이었다. 실제로 근래에는 주인의 쓰레기장행에 무조건 동행해 그가 마음에 드는 물건을 나르는 역할을 수행하고 있었다.

너무 큰 물건은 아크 팰리스 밖에 놔뒀지만, 크기가 적당한 집기는 이 창고로 들여왔다. 그러던 중에 아주 괜찮은 걸 챙길 수 있었다. 바로 이쪽 세계 상위계급의 자녀들이 공부하는 교과서였다. 그것도 다양한 지식을 담고 있는 쉬운 책!

"이거다!"

쓰레기장에서 묶여 있는 이 서책 더미를 발견했을 때는 유레카를 외칠 수밖에 없었다. 그리고 마침 들고 오던 박스가 있어, 서책도 안에 넣어 몰래 내 방에 숨겨 놓았다.

워낙 지저분한 물건들로 꽉 찬 창고인지라 뭔가를 감춘다고 해도 루제플이 알아차리기는 어렵다. 그리고 그 후 일과가 끝나고 루제플이 잠든 때를 노려 공부를 시작했다. 들켜서 결코 좋을 리가 없기에 늘 루제플이 눈을 감고 나서야 공부를 했다. 그는 필요한 만큼만 최소한으로 알길 바랐지 뭔가 적극적으로 배우길 원하지 않았다.

당연한 얘기지만 노예가 똑똑할 필요는 없다. 그래도 그는 내가 영혼 속박에 잘 걸린 채라고 생각하고 있었기에 거의 경계를 하지 않았다. 즉, 루제플의 눈앞에서만 조심하면 그만이었다.

"호오…. 이것 참."

보면 볼수록 괜찮은 서책이었다. 그간 이 마족 어린이용 교과서로 다양한 지식을 흡수할 수 있었고 예상 외로 즐거운 과정이었다. 나는 수면이 필요 없다는 이점을 이용해 밤새 공부를 이어간 덕에 지하세계의 지리와 도덕, 언어, 과학, 마법, 예절 등에 대해 개괄적으로 알 수 있었다.

'우리 세계의 초등학교 교과서보다 훌륭해.'

안의 그림은 컬러 판화로 찍혀 있었는데, 그 수준은 17세기 유럽의 것과 비슷했다. 17세기의 옛 판화라고 해도 국내 초등학생용의 유치한 그림과는 비교할 수 없이 정밀하다.

이 마족 어린이 교과서 역시 그 품질이 무시무시했다. 일단 마법에 관련된 이론은 전혀 이해할 수 없었기에 무조건 그냥 달달 외웠다. 그리고 지하세계의 도덕관이나 에티켓도 빠지지 않고 익혔다.

필요하면 창고에 혼자 서서 인사를 하는 연습도 주저하지 않았다. 민망하긴 했으나 누가 보는 것도 아니다. 절실하다 보니 알아서 몸이 움직였다.

"정말 충실해."

물론 언제 죽을지 모른다. 루제플의 변덕으로 내일 바로 폐기될지도 모르는 인생이다. 아무리 그 벙어리 녀석의 허리를 동강내는 힘을 갖고 있다고 해도, 마족인 루제플에게는 상대도 될 수 없다. 비록 그는 하급이지만 엄연한 마족이고, 모든 마족은 마법의 대가이다.

번쩍하면 가재발이 퍼벅! 하고 터져버릴 것이 자명했기에 섣부른 반항이란 불가능하다.

단순 물리력으로는 마법을 상대할 수 없다.

마족을 상대하는 쪽도 마법을 익히거나, 마법의 가호 아래서 물리력을 발휘할 수 있는 무언가가 필요할 터였다. 지금의 나는 그냥 힘센 가재발을 가진 좀비일 따름이다. 그러니 마법을 부리는 루제플에게 상대가 될 리가 없다.

하나 그런 현실이라고 해도 최대한 미래를 대비하고 준비해야 했다.

"오호. 난 수도에 있었던 거군."

재밌게도 내가 있는 지역은 거대 제국의 수도였다. 정확히는 수도의 외곽의, 외곽의, 외곽으로, 쓰레기를 처리해 주고 먹고사는 작은 지역이었다.

이름은 말르씨 셀(셀은 우리 세계의 동과 비슷한 느낌이다)로 인구는 1만 정도, 거대한 지하 공동을 중심으로 형성된 지역이었다. 주변에는 공유와 사유의 던전이 4개가 있다고 한다. 또한 거미줄처럼 사방으로 이어진 터널이 수도의 다른 곳이나 위성도시를 향해 뻗어 있다.

이처럼 정확하게 현 위치를 확인할 수 있었던 것은 이 책의 소유자였던 학생이 괴발개발로 여러 가지 글을 남긴 덕분이었다.

여러 가지로 운이 좋았다.

이곳에 온 지 3년이 지났다.

루제플은 언제나 인내를 시험했지만, 처음에 많이 이어지던 구타도 그와 손발이 맞기 시작하자 현저히 줄어들었다. 물론 그렇다고 나와 이 괴팍하고 짜증나는 매드 사이언티스트 사이에 정이 쌓였다는 말은 절대 아니었다. 그는 여전히 날 만든 뽕을 뽑겠다고 가혹한 일감을 부과하기 일쑤였다. 그래도 견딜 만했다.

상당한 성과 역시 있었다.

이제 완전히 의심을 푼 루제플은 작년부터 자신의 지식을 가르쳐 주었다. 그의 전공 분야는 '몬스터합성강화학'이란 재밌는 기술이다. 나의 사례처럼 몬스터의 부위를 합성해 새로운 육체를 만들거나, 능력을 강화하는 일을 한다고 했다.

몬스터합성강화학은 이 세계의 고급 지식으로 선택받은 자만이 익힐 수 있었다. 때문에 나는 루제플이 한때 마족들의 대학까지 다녔던 나름대로 이름 있는 집안의 자식임을 알게 되었다.

다만 모종의 사건으로 집안은 몰락하고 그 자신도 마족으로서의 급이 강등되었음은 짐작할 수 있었다. 하지만 맞기 싫어서 감히 그 점에 관해 묻지 않았다. 딱 봐도 그에게 과거는 역린으로 보였다.

아무튼 루제플이 나에게 몬스터합성강화학이란 괴랄한 이름의 고급 지식을 그 일부나마 전수해 주는 건 그가 하늘처럼 높은 스승의 마음을 가졌기 때문이 아니었다.

좀 더 부려 먹기 위해서였다. 이미 그는 나에 대해 경계를 푼 상태다. 해서 이제는 단순 노동이나 아크 팰리스의 관리를 벗어나 실험 보조에 적극적으로 써먹으려 했다. 여기에는 그의 괴이한 연구가 점입가경이 되고 있는 탓도 컸다.

나는 평범한 수준의 두뇌를 갖고 있었지만 이곳 좀비에 비하면 더할 나위 없는 인텔리라고 할 수 있었다. 일단 고등학교까지 나왔으니, 루제플과 이야기하면 어느 정도 배운 놈 티가 날 수밖에 없었다. 다행히 그가 내겐 관심이 없어 과거를 캐묻지 않는 건 좋았다. 영혼 속박이 완벽하다고 믿는 그가 질문하면 어디부터 어디까지 대답해야 할지 잘 몰랐기 때문이었다.

어쨌든, 이런 까닭에 기초나마 점점 몬스터합성강화학을 익힐 수 있었다. 하지만 그가 진정 실수한 부분이 있었으니 내가 끝없이 공부하고 있었음을 몰랐다는 점이다. 루제플의 기초 강좌 덕에 몬스터 합성강화에 관한 근본 원리를 어느 정도 깨달을 수 있었다.

남몰래 이를 악물고 노력한 결과, 점점 이 아크 팰리스에 굴러다니는 수많은 책 중에 이해할 수 있는 것들이 늘어났다.

물론 루제플의 앞에서는 그런 점을 드러내지 않았다.

일종의 연막 작전이었다.

그래도 해결해야 할 궁금증이 있으면 얻어맞을 각오를 하고 질문했다.

이 과정에서 그에게 효과적으로 질문하는 법을 배웠다. 그는 뻐기기 좋아하는 사내였기에 이런 허영심을 채워 주면 일장 연설과도 같은 대답을 들을 수 있었다.

동시에 루제플은 혼잣말이 많은 편이라, 그 혼잣말을 주의 깊게 듣는 것만으로도 상당한 공부를 쌓을 수 있었다. 특히 어떤 공정에 들어갈 때 그 과정 전부를 혼자 말해대며 뭐가 맞고 뭐가 틀리다고 했으니, 내 입장에서는 반색할 수밖에.

덕분에 스스로 놀랄 정도로 점점 학문적 성취를 쌓아 가는 중이었다. 그리고 시간은 유유히 흘러갔다. 하지만 걱정할 건 없었다.

마족은 아주 오래 산다. 그리고 그는 자신의 종복인 내게 충분한 마법적 에너지를 공급해 신체가 무너지지 않게 해 주었다.

좀비 삼인방인 포권, 벙어리, 왕따가 15년을 버티지 못할 것이 자명함에 반해, 나는 앞으로 100년은 끄떡없을 듯했다. 게다가 좀비의 몸인지라 질병에 면역이기도 했고.

물론 그 사이 루제플이 영혼 속박에 관해 눈치채거나 변덕으로 새로운 종복을 만들 확률이 충분했기에 매일매일 결사적으로 노력했다.

이 새로운 세계에서 살아남기 위해서는 기술이 절대적으로 필요하다고 느꼈기 때문이었다.

그래서 이를 악물고 몬스터합성강화학을 익혀갔다.

내 생애, 이렇게 절박한 적은 다시없으리란 생각이 들 정도였다.

뭔가에 집중해 노력하자 세월은 유수와 같이 흘러갔다. 나는 원래 살아남기 위해 기술에 매달렸지만, 어느새 몬스터합성강화학의 매력에 깊게 빠지고 있었다.

재밌었다.

예전에 했던 어떤 게임보다 재밌었다. 내심 나도 이렇게 매드 사이언티스트가 되는 건가 하는 생각이 들 정도였다.

내 지식과, 내 실력과, 내 노력으로.

강하고 훌륭한 존재를 만들어 낼 수 있다는 점이 매력이었다. 물론 삼류인 루제플은 가재발을 가진 합성 좀비인 나 정도가 한계였던 모양이지만.

최근 그는 필생의 작업에 매진하고 있었는데, 나를 뛰어넘는 그야말로 대단한 합성 몬스터를 만들겠다고 완전히 정신이 나가 있었다.

그 덕에 많은 틈이 생겨서 기꺼웠다. 원래라면 조수도 바빠져야 할 테지만, 최근 루제플은 나를 예전처럼 다시 경계하고 있었다.

영혼 속박에 관한 문제라기보다 내 지식이 늘어나자 연구자로서의 질투심이 생겼기 때문인 듯했다. 그리고 자신이 노력한 지식을 혹시라도 엿볼까 눈초리가 날카로웠다.

이런 상황이니 어지간해서는 루제플의 근처에 가지 않았다. 괜히 신경 건드려 봐야 좋을 게 없었다.

동시에 저 합성 생물이 탄생하기 전에 탈주를 하든, 그를 공격하든, 전부터 결심해 온 일의 끝을 봐야 한다는 생각이 들었다.

"십 년인가……."

아크 팰리스 앞 공터에 앉아 상념에 빠졌다. 내가 이 몬스터합성강화학에 매진한 지도 벌써 10년 세월이 지났다. 그리고 낯설기만 했던 이 세계에 완전히 적응해 버린 나 자신에게 놀라지 않을 수 없었다.

"길었지."

뭐든지 그 정도 노력을 하면 충분히 일가를 이룬다고 한다. 10년 세월을 공부했다. 내 성취와 이해는 이제 루제플에 밀리지 않을 정도였다. 슬슬 그에게서 빼먹을 지식이 없다는 생각이 자꾸 들었고, 이 관계를 끝낼 때가 왔다는 느낌에 사로잡혔다.

더 끌면 위험하겠지.

아크 팰리스를 떠나 세상으로 나아가는 게 새삼 두렵기는 했지만 여기 더 있어도 처지가 안 좋아질 게 사실이었다.

"……슬슬 결단을 내려야겠군."

"관리자 님."

그때 옆에서 여자의 목소리가 들려왔다. 누군지 안 돌아봐도 알 수 있는 존재.

왕따였다. 좀비 삼인방 중에 유난히 덩치가 작고 하늘하늘한 여성 좀비. 왕따란 힘이 약해 나머지 둘에게 늘 괴롭힘 당하던 좀비에게 내가 붙인 별명이었다.

한데 지금 그녀는 과거의 모습과 많이 달라진 상태다. 더는 하늘하늘하지 않았고, 시체긴 하나 비교적 외형이 놀랍도록 사람과 비슷했다.

전에는 가슴도 썩어 떨어졌고 뼈마디가 보일 정도였는데, 지금은 피부가 녹색 빛을 띠긴 해도 근사한 굴곡이 있다. 비록 녹색 피부에 깊은 다크서클, 퍼석하고 긴 머릿결이 아쉽긴 하지만 그 얼굴은 굉장한 미녀였다. 그 점에 관해서, 실험바보인 루제플은 콧방귀도 끼지 않았지만 나는 적잖이 놀라지 않을 수 없었다.

왕따였던 그녀가 이렇게 좀비치고 매우 근사한 외형을 갖게 된 것은 그간 있었던 일 때문이었다.

작년에 좀비 삼인방 중에 나머지 둘인 포권과 벙어리가 결국 쓰러졌다. 15년은 버티리라는 예상과 다르게 가동 한계가 빨리 찾아왔다.

아무래도 내가 가혹하게 굴렸던 게 주요 원인이었던 모양이지만 그 점에 관해서는 입도 벙긋하지 않았다. 루제플은 숨이 간당간당한 두 좀비를 어떻게 할까 하다가 결국 아직 의외로 팔팔한 왕따의 강화 재료로 쓰기로 결정했다.

그때 지난 10년 중 가장 좋았던 상황이 벌어졌다. 자신의 실험에 바빴던 루제플이 그 과정을 내게 전적으로 위임했던 것이다. 그때 얼마나 신이 났었는지 모른다.

드디어 실습을 할 수 있게 되었으니.

물론 자신들이 괴롭히던 왕따 좀비의 밑거름이 되기 위해 갈릴 두 좀비야 애통해 했지만, 어차피 죽을 목숨이었다. 망설임 없이 포권과 벙어리를 즉각 기구 안에 넣고 다른 쪽 기구에는 왕따를 넣었다.

머릿속으로 수없이 모의실험했던 과정이니 어려운 부분은 없었다. 물론 실전은 처음이라는 긴장감이 있었으나, 결국 무난하게 강화에 성공했다.

그리고 두 마리를 갈아 넣어 +2강에 성공한 왕따는 놀라운 모습으로 기구 안을 걸어 나왔다.

시체 특유의 퀭함은 어쩔 수 없었지만, 눈을 비빌 정도의 미녀가 되었던 것이다. C컵은 될 듯한 탄력 있는 가슴이 출렁거렸고, 앙상했던 허벅지는 탄탄하게 살이 올라 꽉 쥐고 싶을 정도였다. 나는 그 볼록하고 귀여운 엉덩이를 보고서 결국 참지 못해 만지고 말았다.

그러자 왕따는 꺄앙! 하는 귀여운 소리를 내며 얼굴을 붉히며 허리를 틀었다. 하늘같은 관리자 앞이라 어쩌지도 못하고 몸을 가늘게 떨며.

그래도 내가 시체 성애자도 아닌지라 좀비를 보고 그 이상의 관심을 가질 리는 없었다. 생각보다 예뻐서 한 번 만져본 거지, 시체 미녀는 살아 있는 평범한 여자보다 한참 못했다. 일단 따뜻함이 없는 차가운 엉덩이에 금방 질색하게 되었다.

아무튼, 비주얼적으로 상당한 발전을 이뤄낸 탓에 왕따는 내게 총애를 받았다. 휘하에 신생 좀비 넷이 더 들어온 이후, 왕따는 내 권

위에 힘입어 그들을 부리게 되었다. 왕따를 당하며 얻어맞기만 하던 처지가 반전된 것이다.

게다가 +2강의 힘으로 인해서인지 탄력 있는 몸은 상당한 전투력을 보여주었다. 여전히 날씬한 여성의 몸이지만 그냥 좀비는 가볍게 두들겨 팼다.

실로 재밌는 일이었다.

한 가지 특이한 점은 앞에서 언급했던 녹색 피부였다. 보통 좀비의 피부색은 창백하고 더럽긴 해도 인간이었던 시절의 피부색을 베이스로 하고 있다.

하지만 옅은 녹빛을 띠는 왕따의 피부색은 독자적인 종족으로 진화했다는 느낌을 줬다. 또한 기구로 측정해 보니 사용 내구 연한 역시 늘어나, 그녀는 적당한 에너지를 섭취하기만 하면 70년 이상 생존하리라는 결과가 나왔다.

+2강만으로 완전히 처지가 바뀐 것이었다.

나는 이 일을 계기로 몬스터의 합성과 강화에 더욱 관심을 갖게 되었다. 그리고 단순 강화라면 영혼석의 업그레이드도 필요 없어, 언젠가 내 몸 역시 강화해 보고 싶다는 생각이 들었다.

두 단계 강화한 왕따도 이렇게 변했는데 나는 어떻게 될지 상상만 해도 기분이 괜찮았다. 이 가재발이 더 커지면 곤란했지만 말이다.

물론 아직은 이루기 어려운 원대한 꿈이긴 했으나 영혼석을 빼 몸 자체를 완전히 환골탈태하고 싶은 욕망도 있었다. 근사한 뱀파이어 군주의 몸을 탈취할 수 있다면 그야말로 신이 날 텐데.

아름답기로 유명한 뱀파이어 여성으로 이뤄진 하렘도 꿈이 아니다. 실제로 뱀파이어 군주들은 특유의 날카롭고 위험한 매력으로 가득한 여성 뱀파이어들을 마음껏 즐길 권리가 있었다.

들리는 소문과 책의 이야기로는 뱀파이어 군주의 하렘에는 세계 제일의 미녀들이 잔뜩 몰려 있다고 한다. 생각만 해도 좋은, 지금으로서는 닿지 않는 꿈이었지만.

뭐, 나라고 언제까지 가재발이란 법도 없지 않는가.

기왕 이런 세계에 왔으니 그 하렘이란 것을 만드는 일도 한 번 도전해 보면 좋을 것 같았다. 어차피 지구에서는 할 수 없는 일이니 이쪽 세계 나름의 메리트를 즐겨야 하지 않겠는가.

그러고 보니 '피할 수 없으면 즐겨라'라는 말도 있었지.

"무슨 일이야? 왕따."

곧 그녀의 표정이 뿌루퉁해진다. 시체 주제에 저런 표정을 짓다니…. 어이가 없긴 한데 워낙 스타일 좋은 미녀라 제법 어울리기도 해서 문제였다.

현재 그녀의 살은 썩어 가고 있지 않았다. 그냥 차가울 뿐이지 뜻밖에 깨끗하기까지 하다. 그런 까닭에 제법 드러나 있는 그녀의 가슴골이 상당히 보기 좋다는 생각이 들었다. 사실 C컵이 만드는 훌륭한 가슴골은 대한민국에서도 거의 찾아볼 수 없었다.

적어도 우리 반에는 이 정도로 훌륭한 기량을 가진 인재는 없었던 것 같다.

"흐음……."

한 번 만질까 하다가 화를 낼 것 같아 그만두었다. 이 녀석, 은근 잔소리가 심하다.

게다가 시선을 눈치 챘는지 얼른 두 손으로 자신의 볼륨 있는 가슴을 가렸다.

바보. 그러지 마.

가슴이 찌부러지니까 더 야하잖아.

"저기, 이제 왕따라고 안 부르시기로 했잖아요."

항의하는 듯한 그 목소리에 나는 할 수 없이 정정했다.

"미안해, 보비."

나는 그녀와 오랫동안 함께해 왔다.

그리고 그녀는 강화로 존재적 상향을 맞이했고, 하위 좀비의 관리도 하고 있었다. 이런 까닭에 더는 왕따라고 부르기 뭐해 이름을 지어 준다고 했다. 그러자 그녀는 정말 놀랄 만큼 기뻐하며 폭발적인 반응을 보여 주었다.

늘 조용하기만 했었는데 내면에 그런 감정을 숨기고 있었는지 10년 세월 동안 여태 몰랐었다. 그리고 그녀는 요즘 점점 다채로운 감정을 보여 주고 있다. 아마도 그게 그녀가 생전에 원래 갖고 있던 성격이 아닐까 싶었다.

하지만 그런 모습은 항상 내 앞에서만이었다. 주인인 루제플 앞에서는 입도 뻥긋하지 않고 고개를 숙였고, 휘하의 좀비에게는 꽤나 차갑고 무서운 리더인 모양이었다.

아무튼, 고민하다가 그녀에게 보비라는 이름을 붙여주었다. 게임

속 오토 경을 따르는 요정의 이름이 보비였다. 늘 오토 경을 롤모델로 생각하는 나인지라, 수하인 이 녀석에게 보비란 이름을 줬다.

귀여운 이름이기도 했고.

그래서인지 그녀는 방긋 웃으며 만족해했다. 그 웃음이 참 인상적이라 좀처럼 잊히지 않았다.

한데 내가 다시 왕따라고 부르자 좀 골이 난 모양이었다.

"미안해, 보비. 앞으로 안 그럴게."

"좋아요. 꼭 앞으로 이름으로 불러주세요."

"응, 보비보비."

"호호호. 두 번이나 부를 필요는 없어요."

기쁜 듯 보비는 가볍게 웃음을 흘렸다. 그 모습이 시체임에도 참 예쁘다는 생각이 들었다. 좀비인데도 이런 여자인데 생전에는 얼마나 아름다웠을까?

그리고 이렇게 사랑스러운 여자가 왜 이런 곳까지 떨어진 것일까?

의문이 피어올랐지만 묻지는 않았다.

어디 사연 없는 존재가 있겠는가.

보비도 보비 나름의 과거가 있을 터였다.

"그런데 무슨 일이야?"

"아 참! 내 정신 좀 봐. 주인님이 심부름을 시키셨어요. 나갔다 오셔야겠어요."

"그래?"

근래에 가장 중요한 임무 중의 하나는 말르씨 셀의 번화가로 가서 몬스터합성강화술에 필요한 시약과 재료를 사 오는 일이었다. 이건 안목과 지식이 필요한데다가, 값비싼 재료를 중간에 털리지 않을 정도의 무력도 필요했다. 나 혼자 가는 건 아니고, 후자의 이유 때문에 아직 현역인 좀비견 똥개를 대동한다. 녀석은 좀 야비하고 강자에게 약한 성격이긴 하나, 동굴 늑대라 전투력 하나는 확실했다.

"서둘러서 다녀오세요. 늦으면 주인님이 폭발하실 거예요. 여기 사올 목록이요."

"걱정 말라고. 그놈의 영감탱이랑 어디 하루 이틀 사냐? 곧 피곤에 지쳐 잘 시간이야. 내일이나 돼야 일어날 테니 슬슬 다녀와도 좋다고."

"아이 참!"

불만을 표하는 보비.

"그런데 넌 어디 가려고? 또 쓰레기장에 가게?"

망태기를 등에 짊어진 복장을 보니까 딱이다.

"네. 호호."

"너도 참 특이하다."

보비는 루제플이 시키지 않아도 쓰레기장에게 가서 무언가를 주 워오곤 했다. 왜 그러는지 의아했지만 아마도 그게 보비 나름 대로 의 처세술이 아닐까 싶다. 두려운 주인인 루제플에게 쓸모를 증명해 야 하니까.

"저 같은 거 신경 쓰기 전에 심부름을 제대로 하셔야 한다고요."

"알았어, 알았어."

계속 잔소리를 하려는 보비를 물리치고는, 아크 팰리스로 들어가

가방과 금화 등을 챙겨서 나왔다. 그리고는 외출이 기쁜지 날뛰는 똥개의 목줄을 쥐고는 번화가를 향해 경쾌하게 걸어가기 시작했다.

1-3. 그녀가 부탁했던 길

 말르씨 셀의 번화가라고 해봐야 사실 별것 없다. 인구 1만이 간당간당한 셀이니 번화해 봐야 얼마나 번화하겠는가?

 그래도 어지간한 구색은 다 갖춰놓고 있어서 필요한 물품들은 다 찾을 수 있다.

 생필품점부터 술집, 매음굴 등등.

 특히 술집과 매음굴은 인기였다.

 이 말르씨 셀에서 가장 많은 부류는 쓰레기장에서 일하는 노동자들이었다. 물론 벽돌 굼벵이들도 있지만 그건 생물 취급도 못 받으니 열외로 치고.

 내가 이 세계에 와서 느낀 점이 하나 있다. 지하세계의 주민들은 대개 소모적이고 욕망에 충실하며 이기적이었다.

 책에서는 주인인 마족의 기풍을 이어받아서 그렇다고 했다. 게다가 고되고 힘든 삶을 사는 하층 계급일수록 더욱 심하다.

 참고로 이 말르씨 셀에서 마족은 손가락에 꼽을 정도고, 나머지는 자유민이나 노예 계급이다.

 자유민이나 노예는 이종족들인데, 마족의 통치를 인정하고 살아가는 존재들이었다. 노예는 설명할 것도 없이 그냥 노예에 불과하다. 지하 고블린처럼 이 세계의 약한 종족에게 할당된 카스트였다.

반면 자유민들은 이 세상의 상위층으로 나아가긴 어렵지만, 나름 대로 권리를 누리는 자들이었다. 물론 그들 중에도 뛰어난 자는 관리자 자리에 오르지만, 최상위권은 마족이나 마족에 준하는 종족에게만 허락된 곳이었다.

보통 암흑 드워프, 다크엘프, 보석 놈, 박쥐 오크 따위가 자유민의 위치를 차지했다.

마족보다 신분이 낮기는 했으나 마족도 그들을 막 대하지는 않았기에 이 세계에 녹아들어 자연스럽게 살아갔다. 그들이 이곳에서 해주는 일은 다양하고 많아 마족이라고 제멋대로 굴 수 없었다. 드워프나 엘프 등은 나름대로 중간 계층을 구성하고 잘 살아가고 있었다.

그렇다면 인간은?

인간은 있는가, 라고 누가 물으면 적어도 이 일대에는 없다고 대답할 수 있다. 좀처럼 찾아볼 수 없어 매우 드물게 발견된다고 한다. 대개 그들은 천사들과 함께 비행 대륙에서 살고 있다.

그럼 지상은? 이라고 추가로 묻는다면, 이 세계의 지상은 쑥대밭이 되어 있다.

고대에 있었던 마법 폭주로 세계는 멸망 직전까지 갔다. 해서 땅 위는 생물이 살 수 없는 환경이 되었고, 거주자들은 땅 밑이든, 구름 위 하늘이든 선택해 피신했다고 한다.

그 때 밑으로 들어온 게 마족이란 얘기가 현재 다수설이다. 오크나 드워프, 엘프도 그때 같이 딸려 왔다.

참고로 생물이 거주할 수 없는 극한의 환경은 지표면부터 구름 아래까지다. 구름을 넘어 위로 올라가면 깨끗한 하늘이 나온다. 신기하긴 하지만, 마법 때문에 그렇게 되었다니 그러려니 할 수밖에.

왕왕!

곁에서 똥개가 갑자기 사납게 짖어댔다. 주변에 지나가던 노예 고블린 무리들이 깜짝 놀라서 혼비백산했다.

"히비입! 히잇!"

초등학생만한 크기의 지하 고블린에게 있어 50킬로그램이나 나가는 덩치 큰 늑대는 굉장히 무서운 존재였다.

똥개도 그걸 알고 짖은 것이고, 놀라서 도망가는 지하 고블린을 보며 만족한 듯 낮게 그르렁거렸다.

좋은 태도는 아니지만 덕분에 길을 가기 편하니 됐지.

이 지하세계에서 약자의 위치란 게 저런 것이다. 지하 고블린들은 그래서 몰려다녔는데 어쩌다 무리에서 나와 방황이라도 하면 심심풀이를 원하는 자에게 쥐어 터지기 일쑤였다. 그러다 노예가 죽으면 소유자에게 금전으로 보상해 주면 됐지, 달리 형사책임을 지는 일은 없었다.

과거 지상에서 고블린 왕조도 제법 잘 나가던 때가 있었다고 하는데, 지하로 내려와서는 끝없는 노예 생활의 굴레를 벗지 못했다.

작은 그들에게 어쩐지 전에 없던 동정심이 피어올랐다. 특히 무리 중에 아직 어려 보이는 지하 고블린이 눈에 확 들어왔다.

놀라서 달음박질치다가 넘어져 들고 있던 짐을 놓쳤는데, 안에 있던 더러운 빵을 흘리고도 차마 줍지도 못하고 도망가고 있었다.

오늘 양식이었을 텐데.

똥개 때문에 놀라서 밥도 잃어버린 모양이다.

그 모습이 참 안타까웠으나 그렇다고 섣불리 동정할 수도 없는 노릇이다. 저런 모습을 보면 그냥 남 일 같지가 않았지만…….

"……남 걱정할 때가 아니지."

내 코가 석 자란 생각을 하며 마법 물품을 파는 상점의 문을 열었다. 안으로 들어가자 각종 시약과 재료가 만드는 특유의 냄새가 반겼다.

사실 나는 쓰레기장 옆에 있는 아크 팰리스에 살 정도로 코가 둔감한 편이다. 그런데도 이렇게 확 올라오니, 대체 얼마나 강한 향과 냄새로 차 있단 말인가. 그 때문인지 코가 민감한 똥개는 절대 여기에 들어오려 하지 않았다.

"어서 오시오."

안에 있던 암흑 드워프 노인이 익숙하게 인사를 건네 왔다. 머리는 벗겨졌고 얼마 남지 않은 잿빛 수염이 그의 나이를 말해 줬다. 그리고 늘 그랬던 것처럼 물담배를 옆에 끼고는 떼어 놓질 않았다.

처음에는 굉장히 까칠하고 의심스러운 표정으로 날 맞이하던 그였지만, 벌써 수년째 루제플의 심부름으로 방문하자 이제는 익숙하다는 눈빛을 보낸다.

간단히 고개를 끄덕이고는 긴말할 것 없이, 루제플이 적어 준 종이를 내밀었다.

드워프 주인은 그걸 받고도 한동안 여유롭게 물담배를 마저 빨았고, 나는 전혀 재촉하지 않았다. 오히려 그 시간에 상점에 진열된 다양한 상품들을 구경할 뿐이었다.

이곳의 물건들은 몬스터합성강화에 매진하는 내 흥미를 끌 물건 투성이였다. 새로 발견된 마법 시약으로 합성 과정에서 특이한 반응을 이끌어 낼 수 있지 않을까 고심하다 보면 시간은 금방 가곤 했다.

저 드워프 주인도 그런 점을 잘 알기에 여유를 부리는 것일 테고. 밖에서 기다리는 똥개만 지루함에 연신 하품을 해댈 뿐이었다.

"가져가게."

갑자기 들려온 소리에 고개를 끄덕이며 드워프 상인이 늘어놓은 재료를 살폈다. 물론 완고한 성품의 그를 믿고 있었지만, 잘못된 물품을 가져갔다가는 루제플 녀석에게 사달이 난다. 예전에 실수해서 삼일 밤낮으로 얻어터진 적도 있었다. 그때 생각을 하니 마음속에서 분노가 다시 피어올랐다.

참자, 아직은 때가 아니다.

거의 임박한 느낌이긴 하지만.

물건을 다 확인하고는 대금을 치렀다. 그리고는 목에 걸고 있던 작은 마법 지퍼를 손에 쥐었다. 재밌게도 이 세계에도 지퍼가 있었다. 그리고 마법 지퍼는 더욱 특별했다.

부욱– –

허공에 대고 지퍼를 당기자 공간이 갈라졌다. 그리고 그 안으로 물건을 넣을 수 있는 작은 아공간이 나타났다. 마법 시약과 재료들을 상하지 않게 차곡차곡 안에 쑤셔 넣었다. 모든 물건을 넣은 후 가볍게 목례한 뒤에 상점을 나왔다.

왕왕!

거의 반쯤 늘어져 있던 똥개가 반갑다고 짖어댔다. 상당히 지루했던 모양이다. 가볍게 녀석의 머리를 쓰다듬어 주고는 아크 펠리스로 돌아가기로 했다. 나는 이 도시에서 별로 즐길 유흥이 없다.

그나마 유일하게 관심을 갖는 곳이 서점인데, 얼마 전에 읽을 책을 잔뜩 사 놓은지라 그다지 내키지도 않았다.

뭐 할 짓도 없으니 곧장 돌아가자고.

똥개의 목줄을 잡고 이미 어두워진 길을 걸었다.

지하세계에도 마법으로 만들어진 밤과 낮은 있다.

아크 펠리스로 돌아가기 위해 한참 걸어가고 있을 때였다. 앞쪽에서 수선스러운 소리가 들려왔다.

이런.

시비가 붙은 모양이군.

이 거친 지하세계에서 싸움은 밥 먹는 것보다 흔하다. 공권력과 치안 유지는 상위계층의 거주지에서만 찾아볼 수 있다. 게다가 마족의 특징상 치안 문제는 자신의 힘으로 해결했고, 다른 이의 도움을 수치스럽게 생각하는 경향이 있었다. 힘이 부족하면 돈으로 가드를 고용할지언정 도움을 요청하지 않는 이들이 마족이었다.

그런 가운데 이런 외곽의 소규모 거주 지역에 치안이 제대로 확립되어 있을 리 만무하다. 이 거리를 여러 번 지나면서 내 전투 능력에 더욱 확신을 얻을 수 있었지만, 공연히 남 일에 끼어들 생각은 없었다.

자기 일도 아닌데 관여하는 건 바보 같은 짓이니까.

그렇게 쓱 지나가려다가 상황이 궁금해서 한 번 쳐다보기는 했다.

보니 덩치 좋은 박쥐 오크 둘이 눈앞의 작은 여자아이를 괴롭히고 있었다. 여자아이는 그 종족을 알 수가 없었다. 다만 일견에도 귀한 혈통인 것 같았다.

머리에는 한눈에도 튀는 커다란 리본이 있었고, 엉덩이에는 꼬리, 등에는 작은 날개가 돋아 있었다.

보통 아이가 아닌 듯하나 마족이라고 단정 짓긴 힘들었다. 진정한 마족은 나이에 상관없이 강한 마력을 뿜어낸다. 그랬다면 박쥐 오크들도 전투력의 유무에 관계없이 감히 시비를 걸지 않았을 것이다.

그래도 무시하기엔 뭔가 범상치 않은데.

무척 귀엽게 생긴 건 둘째치고라도, 저런 있는 집 자식 같은 애가 왜 여기서 박쥐 오크에게 시달리는지 이해하기 어려웠다.

그리고 박쥐 오크에게도 문제가 있었다. 그들은 원래 오크였는데 지저로 내려와 적응하면서 눈이 퇴화했다. 대신 저 박쥐를 닮은 커다란 귀로 초음파를 쏘아 지형을 파악한다. 또한 후각과 청각도 예민하다.

하지만 그 성능을 눈에 비교할 수는 없어서 오크들이 괴롭히고 있는 작은 존재가 마족과 비슷한 생김새를 가졌다는 사실은 모르는 듯했다. 마족이면 애초에 마력이 느껴질 테니 말이다.

상황이 좋지 않아 보였다.

작은 여자애는 얻어맞으면서도 무언가를 **빼앗기지** 않으려고 노

력 중이었다. 박쥐 오크 둘은 그런 태도에 코웃음 치면서 여자애를 쥐어박았다.

"꼬맹이 녀석이! 퉤엣! 얼른 내놓고 꺼지지 못해?"

"꺄악!"

여자아이는 걷어차이면서도 버텼다. 아이에게 굉장히 중요한 물건임이 틀림없다.

"이러지 마세요! 어머님의 유품이에요. 하나밖에 없는 거예요."

목소리가 애처로워서 듣자니 마음이 적잖이 흔들린다. 이미 십 년이 넘는 세월 동안 이곳에 있던 나다. 비록 살아가는 세계는 말르씨셀의 일부로 아주 좁았지만, 이곳의 법칙은 잘 알고 있다.

하지만.

그렇지만.

내 마음은 인간이던 때 그대로다. 저렇게 애처롭게 울고 있는 작은 꼬맹이를 보며 입술을 깨물지 않을 수 없었다.

물론 박쥐 오크는 결코 만만한 상대가 아니다. 온몸이 근육질에 키도 2미터나 가까이 된다. 또한 성격이 흉폭해 일대에서 함부로 건드리는 놈이 없을 정도다.

어떻게 할 것인가.

이성적으로는 그냥 지나치는 게 맞다.

그렇지만 지금 어째서인지 아까 봤던 어린 고블린의 모습이 오버랩됐다. 양식인 더러운 빵도 줍지 못하고 도망가는 그 모습이 참 신경이 쓰였다. 어쩐지 그 기분을 다시 맛보고 싶지 않았다.

"꺄악!"

결국 여자아이가 다시 한 번 뺨을 맞고 늘씬하게 땅에 뻗은 걸 보고 결정했다.

살짝 입술을 깨물고는 목소리를 가다듬었다. 그리고 가재발을 가볍게 풀어 주었다.

옆에 있던 똥개가 이상 징후를 알아채고 고개를 갸웃거렸다. 아무리 똥개 녀석이 전투력이 있다고 해도 저 덩치 큰 박쥐 오크에게는 어림없다. 물러나 있으라고 말하고는 앞으로 나아갔다.

"거기 둘. 멈춰라."

막 빼앗은 물건을 살펴보던 박쥐 오크 둘이 어리둥절한 표정을 지으며 이쪽을 봤다. 그리고는 자신들에게 시비를 거는 나의 존재를 깨닫고 인상을 썼다.

"뭐냐? 기형 좀비. 응?"

"가던 길이나 가지? 이건 우리 몫이라고."

역시 지하세계의 거주민답게 내가 여자아이를 구하려 한다는 생각은 하지도 못했다. 그저 자신들이 차지한 물건을 원한다고 여겨 이를 드러내는 것이다.

짜증이 피어올랐다.

벌레 같은 놈들.

낮게 웃음을 흘리자 놈들은 그제야 사태가 심상치 않다는 생각이 든 모양이었다. 한 놈은 들고 있던 물건을 소녀의 곁에 내던지고는 무기를 빼들었다.

흉흉하게 생긴 쇠파이프.

다른 놈은 허리춤의 메서Messer를 빼어 쥐었다.

둘 다 나를 끔찍이 살해할 수 있는 치명적인 무기다.

하지만 거대한 가재발에 비하면 웃음만 나온다.

"어디부터 끊어 줄까! 말해 봐라!"

크게 외치며 앞으로 나아가자 곧 박쥐 오크 둘은 당황한 얼굴이 되더니 한 발자국 물러났다.

하지만 절대 물건을 포기할 생각은 없는 듯 이내 괴성과 함께 달려 들어왔다.

"건방진! 좀비 주제에!"

"좋다! 그렇게 나와야지!"

나는 예전의 내가 아니다.

좀비 감독관들에게 얻어터지던 벽돌 굼벵이가 아니란 말이다. 그간 심부름 다니면서 싸움질 한 두 번 해본 줄 아냐.

"크아아아압!"

기합을 지르며 힘껏 달려서는 2미터에 이르는 육중한 둘과 그대로 격돌했다.

"크윽!"

아무리 내가 합성 좀비라도 2미터나 되는 거한 둘을 힘에서 이겨 내기는 무리였다. 멧돼지와 부딪친 느낌이다. 여러 발자국 뒤로 밀려났는데, 이 틈을 노리고 왼쪽에 있는 박쥐 오크가 공격해 왔다.

쇠못이 박힌 흉흉한 쇠파이프다.

부우웅!

바람 소리가 크게 날 정도로 강력한 내려치기였다. 요령도 기예도 없었다. 그냥 힘껏 사선으로 내려치는 방법이었다. 보통이라면 저런 힘은 대항하지 않고 피하는 편이 유리하다. 하나 내게는 해당 사항이 없는 얘기였다.

"크합!"

가재발을 쳐내듯 휘두르자 강한 운동에너지를 담고 있던 쇠파이프가 수수깡처럼 날아갔다. 그리고 가재발의 일부는 박쥐 오크의 손도 같이 때린 탓에 녀석은 얼굴을 찡그리고 물러났다.

딱 보니 손가락이 여러 개가 부러진 모양이다.

"이 좀비 따위가!"

오른쪽을 보니 검폭이 넓은 메서를 가진 녀석이 내 가슴팍을 찔러 들어오고 있었다.

순간 놀라지 않을 수 없었다.

제길.

딱 보니 왼손으로 메서의 손잡이를, 오른손으로는 검신의 중간을 역수로 잡은 상태, 즉 하프소딩이었다.

오토 경도 쓰곤 하던 기술이라 나도 알고 있었다. 두 손으로 칼을 잡고 찔러 오기 때문에 막기가 어렵다.

아무래도 부상은 각오해야 할 듯하다.

재빠르게 판단을 하고는 오른손을 뻗어 역수로 검신을 잡은 박쥐 오크의 하박을 저지했다.

"크아아악!"

결국 내 입에서 비명이 터져 나오고 말았다.

억지로 잡고 밀어내려 했으나 한 손이 두 손 못 당하는 법. 게다가 근력이 강하기로 유명한 박쥐 오크다.

녀석이 택한 하프소딩은 실로 영리한 방법이었다.

메서의 검끝이 10센티미터 이상 갈비뼈를 파고 들어왔다. 그래도 급하게나마 막은 탓에 등까지 관통될 공격을 이정도로 끝냈다.

"오크 녀석이!"

분노가 끓어오른다.

검끝을 박아 넣고 좋아하던 박쥐 오크는 순식간에 공포에 질린다.

내가 감각이 살아 있는 합성 좀비인 탓에 격통으로 울부짖긴 했으나, 이 정도 상처는 피해도 아니다.

좀비가 괜히 좀비인가. 날 너무 물로 봤다.

게다가 보통 좀비도 아니고 루제플의 마스터피스다.

"할 건 다 했나? 어?"

여전히 녀석의 손목을 잡은 채로 묻자 박쥐 오크는 발작하듯 기합성을 질렀다.

"크아악!"

그러면서 검을 내 갈비뼈의 틈으로 더욱 밀어 넣었다. 격통이 밀려든다. 충혈된 눈으로 비명을 지르고 다시 물었다.

"할 건 다 했냐고! 이 녀석아!"

지금 내가 날 볼 수는 없지만 분명히 악귀와 같은 꼴이리라 짐작할 수 있었다. 이미 메서의 검끝은 등으로 튀어나온 상태였다. 하지만 그 고통이 날 더욱 흉폭하고 날카롭게 만들어 줄 뿐이었다.

데미지는….

전혀 없다. 좀비의 몸이다. 이 정도의 바람구멍이 문제 될 리 없다.

"다 했냐고 물었다! 이 하등한 놈아!"

"히이이익!"

경악한 박쥐 오크가 두 손을 놓고 물러나려 하자 그 틈에 움직였다. 왼손의 가재발로 녀석의 발목을 잡아채 들어올렸다. 오른손이야 그냥 근력이 강한 수준이라 이 박쥐 오크 놈들과 비슷했지만 왼쪽 가재발의 위력은 상식을 초월한다.

박쥐 오크를 머리 위로 들어 올리는 괴력을 발휘했다. 하지만 그걸로 그치지 않고 허공에서 두 바퀴 돌린 뒤에 땅에 패대기쳤다.

"크억!"

놈은 숨만 크게 들이쉬고 제대로 비명을 지르지도 못 했다. 눈이 뒤집어지는 꼴이 정신을 차리기도 어려워 보였다.

가재발에 잡혔던 발을 보니 덜렁덜렁해서 금방이라도 끊어질 것 같았다.

그때 내 머리가 오른쪽으로 확 돌아갔다.

마치 누가 억지로 돌리기라도 한 것처럼.

영화에 보면 보초를 서는 적군 졸개를 제압하기 위해 몰래 다가가서 목을 확! 꺾어버리지 않는가.

그것처럼 오른쪽으로 돌아갔다.

흐음, 아픈 건 둘째치고 이 각도는 정상적으로 보일 시야각이 아닌데….

내가 초원의 사방을 보는 임팔라도 아니고, 너무하잖아.

오른손을 써 억지로 목을 원래대로 되돌렸다.

<u>으드드득.</u>

그러자 공포로 숨을 몰아쉬고 있는 박쥐 오크 하나가 보였다. 아까 손가락 몇 개가 부러진 그놈이었다. 발작적으로 때린 것 같은데, 내 목이 돌아간 순간 승리했다고 믿었던 모양이다.

"히… 히이익?!"

기쁨에 찬 표정을 짓다가 절망이 빠르게 녀석의 얼굴에 찾아왔다. 안면 근육이 저렇게 풍부하게 움직이다니, 배우라도 해야겠는데.

"크크크크크…."

음침한 웃음을 터뜨리자 박쥐 오크는 손을 덜덜 떨더니 들고 있던 쇠파이프를 떨어뜨렸다. 완전히 주눅이 든 모습이었다.

방금의 일격 탓에 머리가 덜렁거린다고 느꼈지만 크게 개의치 않고 녀석에게 다가갔다. 박쥐 오크의 다리로 물이 흥건하게 흐르는 꼴을 보아 오줌을 지린 듯싶었다.

"너 말이야… 함무라비라고 아냐?"

"함무라비?"

"그래. 그 양반이 만든 법전이 나는 아주 마음에 들었단 말이다!"

고성과 함께 가재발을 휘둘렀다. 녀석의 목이 돌아가고 뼈와 살이 사방으로 튀었다. 온몸에 피를 전신에 뒤집어쓴 나는 그것으로 멈추지 않고 기절한 녀석까지 도륙했다.

그리고.

먹었다.

좀비답게.

충동에 휩싸여서 거부할 수 없었다.

사실 나는 이 거리를 오가며 드잡이질을 할 때마다 생물의 살을 원하는 욕구와 싸워 왔다. 마력으로 충분히 몸을 유지할 수 있었지만, 근본적인 허기는 뭔가를 잡아먹지 않고는 달랠 수 없는 것만 같았다.

좀비라 성욕이 없었지만 새로운 욕망, 식육의 갈망이 늘 나를 괴롭혀 왔다.

하지만 오늘은 결국 참을 수 없었다.

우걱우걱.

살아 있는 피와 아직 맥동하는 심장을 꺼내서 먹어 치웠다.

오드득. 오득.

뼈를 맛있게 씹고는 안의 골수를 빨았다.

이성을 잃었고 인간성이 부서지는 기분이다.

이 세계로 와 처음 자신이 무너지고 있음을 느꼈다.

싸움을 벌이고 피를 본 게 처음은 아니었지만, 어린 소녀를 학대하는 그들 때문에 완전히 정신이 나갔다.

우적우적.

살아 있는 생물을 섭취한 덕분에 몸에 났던 상처가 빠르게 아물어 갔다.

재밌는 일이다.

적의 시체로 나는 다시 일어난다.

찌이익ーー

우르릉, 그으으으릉!

옆을 보니 똥개 녀석도 달려와서 좋다고 박쥐 오크를 뜯어먹고 있었다.

개 같은 녀석. 정작 싸울 때는 하나도 안 도와주더니. 물러나 있으라고 하긴 했어도 참 염치가 없는 놈이다.

똥개 때문에 정신이 들어 주변을 보자 어둠의 그림자에서 작고 이상한 생물들 기어 나와 얼쩡거렸다. 시체를 탐하는 무리다.

거미처럼도 생겼고, 어쩌면 전갈 같기도 했다. 아니면 지네와도 비슷했다. 어둠으로 만들어진 그것에는 사람의 눈이나 귀나 입이 붙어 있었다.

저마다 작은 목소리로 자기들끼리 떠들어댔다.

먹고 싶어.

먹고 싶어.

살과 피를 줘.

원령처럼 끊임없는 갈구만이 남아 떠도는 무리들.

함부로 다가오지 못하고 얼쩡거렸는데, 내가 턱으로 다른 박쥐 오크 하나를 가리키자 곧 개미처럼 몰려갔다.

그리고 게걸스럽게 먹어치우기 시작했다.

지구에 사는 피라니아도 저것에 비하면 귀여운 수준이다.

쓰러뜨린 박쥐 오크의 간을 뜯어내서 똥개에게 던져 주고는 자리에서 일어났다. 입가에 지방질과 피가 묻어 번들거렸으나 신경 쓰지 않았다. 오늘 밤에 자기혐오로 고통스러울 테지만 지금 이 순간만큼은 내가 좀비라는 사실을 절감했다. 그리고 승리에 기뻐하며 이 무법천지인 거리에 대고 포효했다.

"크아아아아아!"

짐승과도 비슷한 목소리가 성대를 타고 사방에 쩌렁쩌렁 울렸다.

오늘만큼은 이 거리를 주름잡는 불량배들도 놀라서 몸을 움찔하고 피할 것이다.

죽은 박쥐 오크의 옷가지에 피를 대충 닦고는 아직 기절해 있는 소녀에게 걸어갔다. 정신을 잃은지라 그토록 소중하게 지키려 했던 주머니는 아이의 곁에 아무렇게나 떨어져 있었다.

작고 귀여운 박쥐 날개. 앙증맞은 옷차림.

특히 스트라이프 오버 니삭스가 눈에 띈다.

제법이지 않나… 이쪽 세계에도 모에란 게 있네.

그리고 길고 검은 꼬리.

자세히 관찰한 덕에 언젠가 봤던 책에서 관련된 지식을 떠올릴 수 있었다.

놀라움이 번져 갔다.

"……서큐버스잖아?"

전투의 흥분이 빠르게 식고 호기심이 머릿속을 온통 차지하기 시작했다.

며칠 동안 앓았다.

끙끙 앓았다.

루제플에게 절대 티가 안 나게 노력했지만 보비는 대번에 무슨 일이 있었음을 알아챘다.

"관리자님…."

"지금은 내버려 둬."

"그래도⋯."

언제부터인지 모르지만 보비는 내게 다정한 여자였다.

시체인 점이 좀 안타까웠지만.

게다가 좀비인 난 이성에게 그다지 관심도 없었고.

"그렇게 안쓰러우면 가슴이라도 만지게 해주던가."

"정말!"

보비는 얼굴을 붉힌 채 고개를 숙였다. 그리고 가는 팔로는 자신의 가슴을 가렸다.

이 녀석, 좀비 주제에 정숙하단 말이지.

뭐, 그래도 거절하지는 않는 건가?

아니다. 하도 어이없어서 아무 말 안 하는 것이겠지.

내게 호감이 있어서 저럴 리가 없다.

착각하지 않기 위해 고개를 흔들고는 방으로 돌아왔다.

사실 한동안 앓은 이유는 간단하다.

잡아먹은 박쥐 오크가 머릿속에서 떠나지 않았기 때문이다. 충동에 휩싸여 인간성을 상실했던 그때를 상기하며 몸을 떨었다.

내가 했던 행동에 비하면 연쇄살인범도 애교에 불과하다. 아무리 흉악한 범인이라도 살인을 하고 그 자리에서 시체를 먹어치우는 일은 없다.

그러나 며칠이 흐르고 냉정해지자 어쩔 수 없는 일이었다는 사실을 깨달았다.

현재 날 사로잡고 있는 것은 식육의 욕망이다.

내가 느꼈던 그 식욕의 충동은 10대의 강렬했던 성욕과 대비를 이루고 있다. 오히려 더 심할지도 모른다. 생각해 보라.

눈앞에 완전히 무력화된 나신의 여성이 있다고 해보자.

충동을 느끼지 않을 수 없다.

게다가 그 나신의 여자는 달콤한 향기와 부드러운 살결을 가졌으며, 가슴이 떨릴 정도로 매력적이라고 해보자.

더 좋은 점은.

그 여자와 내 관계가 어떻든 간에.

마음대로 해도 좋다는 허락이 떨어진 상황이라면?

그녀가 내 노예든, 여자 친구든, 아니면 창녀든. 알몸의 미녀를 마음대로 해도 좋다는데, 동하지 않을 남자가 있을까. 정상적인 사고와 성욕을 가진 남자라면 말이다.

백이면 백 다 충동을 억제하지 못 한다.

장담할 수 있다.

며칠 전에 있었던 식욕도 이것과 같은 논리였다.

쓰러져 있는 박쥐 오크는, 저항하지 않는 벗은 여자와 같았다. 그리고 그 오크는 내가 쓰러뜨린 나의 사냥감인지라, 이 지하세계의 무법 속에서도 존재하는 불문율에 따라 취할 권리가 있었다.

돈을 주고 여자를 샀든, 무력으로 사냥에 성공했든 공통점은 먹어도 된다는 것이다.

맛봐도 된다.

"휴우……."

입에서 긴 한숨이 새어나왔다.

"인정하자. 그건 지금 내 처지에서 참을 수 없는 일이었어."

난 좀비다.

식욕의 욕망이 제일의 갈망이다.

머릿속으로는 뱀파이어 로드가 돼서 하렘이라도 만들어 볼까 해도, 그건 이성적인 부분이었다. 그냥 그러면 좋겠네, 란 생각이지 절절히 원하는 바도 아니고 마음으로 공감하지도 못 한다. 실제로 지금 내게 뱀파이어 미녀 군단을 가져다준다면 다 잡아먹고 말리라.

맛보고 먹겠지.

여자에 대한 성적 표현이 아니라, 진짜 입 안에 고기를 집어넣는다는 소리다. 그 아름다운 유방을 뜯어 한 가득 삼킬 수 있다면.

츄릅.

입가에 침이 흘렀음을 깨닫고는 격렬하게 몸을 떨었다.

정상이 아니다.

원래라면 미녀들의 젖가슴을 만지길 간절히 원해야 한다. 그녀들의 가슴골에 얼굴을 묻고 휴식을 취했을 테고.

한데 지금은 뜯어먹고 싶었다.

그 가는 갈비뼈를 분지르고, 심장을 찾아 입을 움직이길 원했다.

"죽겠구먼. 빨리 육체를 갈아타야지."

이런 상태가 오래 지속되면 내 인간성이 흔적도 없이 사라질 것이란 걸 직감했다.

십 년이 넘는 세월 동안, 좀비의 육체에도 불구하고 인간으로 남아 있었다. 하지만 이제 식육을 했으니 인간의 본성은 빠르게 무너질 터였다.

빨리 이 아크 팰리스를 탈출해야 해.

그러면서 며칠 전 밤에 만났던 귀여운 서큐버스 꼬마애를 떠올렸다. 그리고 곧 나타난 아이의 보호자인 늙은 마족과 했던 대화를 되새겼다.

어디 보자.

품에서 작은 명함을 꺼냈다.

이 명함에는 특별한 마법의 힘이 있다고 한다. 그래서 원할 때 그 늙은 마족, 서큐버스 아이를 만나러 갈 수 있다. 사례할 테니 꼭 들려달라고 하던 그들이다.

조만간 가 볼 생각이다. 늙은 마족은 마법 물품을 다루는 데 상당한 솜씨가 있다고 했으니 분명히 도움이 될 것 같았다. 그 귀여운 아이를 다시 한 번 보고 싶기도 하고.

좋아, 정했다.

"자 그럼, 인간성 회복을 위해 수하의 도움을 받을까?"

이후 보비를 방으로 불러들였다. 루제플이 잠자리에 든 시간을 노려서 말이다.

그녀를 희롱할 작정으로 말이다. 과거 인간이던 시절의 성욕을 떠올리고, 되찾고 싶어서였다.

"벗어."

"…네?"

"미안해. 벗어 줘. 그리고 멋진 네 육체를 보여 줘."

갑작스러운 요구에 그녀는 입술을 깨물고는 어쩔 줄 몰라 했다.

"그, 그런…… 히잉."

오늘은 아주 작정을 하고 불렀기에 가는 목소리로 거절하는 보비의 청을 무시해 버렸다. 그리고 기어코 상의를 벗겨내 보비의 아름다운 가슴이 드러나게 만들었다.

출렁출렁.

정말 보기 좋을 정도로 멋진 탄력이다.

일부러 강하게 옷을 벗긴 보람이 있었다.

"과, 관리자님……."

문제는 애처로운 목소리에 동정심은 생길지언정, 성적 자극은 느껴지지 않는다는 사실이다. 나는 내심 심각해졌다.

그래서 시험을 위해 좀 더 자극적인 일을 해보기로 했다.

"오늘 밤은 길어. 많이 울게 될 테니 마음을 단단히 먹으렴."

"흐윽."

불쌍한 보비는 숫처녀처럼 혼란에 빠져 어쩔 줄 몰라 했다. 어쩐지 성욕이 아니라 가학적인 욕구만 샘솟는 기분이다.

저렇게 귀여우면, 좀 괴롭히고 싶다고.

물론 진짜 뱉은 말대로는 하지 않았다. 여전히 좀비로서 여성에 대한 성욕이 없음을 확인한 후, 보비에게 사과를 하고 괴롭히기를 그만두었다.

"정말 미워요! 바보!"

아무래도 보비는 단단히 삐치고 말았다.

그런데, 설마.

그만둬서 삐친 건 아니지?

다음날 아침에 만난 보비는 날 아주 복잡한 시선으로 바라보았다.

사실 나는 아주 특이한 좀비다.

인간인 성품이 그대로 남아 있었고, 여자에게 기본적으로 잘하는 한국 남자다. 자연스레 보비에게 상냥하게 대해 줬는데, 그런 면이 그녀에게는 놀랍도록 자비롭게 느껴졌던가 보다. 또한 +2강을 잘 완료해 준 덕에 보비가 내게 갖는 신뢰와 호의는 생각보다 커다란 듯했다.

"아, 안녕하세요."

작은 목소리로 인사만 남기고, 좀비 역사상 가장 아름다운 게 틀림없는 보비는 부리나케 도망가 버렸다. 어제 일 때문에 좀 민망했던 모양이다.

흠 그건 그렇고, '좀비제일미'라는 별호라도 붙여 줄까.

"가재바알!"

그때 루제플의 고성이 터져 나왔다.

이크.

뭔가 큰일이 날 듯한 느낌이다.

요즘 매드 사이언티스트 루제플은 심기가 극히 날카로웠다. 조심, 또 조심 중이지만 이번에는 화를 피하기 어렵겠다는 생각이 들었다.

달려가 보니… 아니나 다를까.

별것도 아닌 점을 꼬집어 분풀이를 시작했다.

"이 기본도 안 된 쓰레기 같으니라고! 실험 기구에 먼지가 묻지 않게 조심하라고 하지 않았나!"

말도 안 되는 소리. 실험 기구는 깨끗했다. 항상 잘 관리하고 있다. 루제플 역시 내 바지런함에 만족해 왔고.

하지만 뭔가 일이 풀리지 않은 것일까?

그는 일부러 분풀이를 하고 있었다.

"죄송합니다. 주인님."

결코 변명하지 않고 고개 숙여 사죄를 했다.

몇 년 전, 억울한 마음에 살짝 변명을 늘어놨다가 가재발이 터져 버린 일도 있었다. 마법으로 날아간 가재발을 복구하느라 한 고생에 비하면 그냥 억울한 쪽이 더 편했다.

"쓰레기 같은 놈! 쓸모도 없는 새끼! 너 같은 놈을 쓰레기장에서 주워온 내가 등신이다!"

구타와 폭언이 이어졌다.

아프고, 원통했다. 마음속에 미움이 급격히 자란다.

하지만 참아냈다.

거의 한 시간이나 이어진 폭행으로 엉망이 되었다. 마족의 구타에 아무리 합성 좀비라도 신체가 성할 리 없다.

"으으윽…."

피를 토하며 바닥에서 기자 그제야 루제플은 만족해서는 자리를 떠났다.

"다 깔끔하게 치워 놓아라!"

"무, 물론입니다. 주인님."

"쯧쯧, 대답도 제대로 못 하는 버러지 같은 녀석."

이제 더 참을 수 없었다.

분노가 이성을 압도하기 시작했다.

좀 더 관망하기로 했던 계획을 철회하고, 작은 틈이라도 생기면 루제플을 공략하기로 결심했다.

그리고 그 기회는 생각보다 일찍 찾아왔다.

루제플의 보조를 하던 날이었다. 저기압인 그를 따라다니면서 익숙하게 조수의 임무를 수행했다. 다행히 며칠 전에 쏟아낸 화풀이 덕에 그의 분노는 가라앉아 있었다. 차갑긴 하나 귀찮은 일을 시키는 것 외에는 다른 모습은 보이지 않았다.

다행이었다. 지금 다시 맞으면 몸을 제대로 가누기 어려웠기 때문이다.

그날, 엉망이 된 내 몸을 보며 보비는 눈물을 쏟아냈다.

세상에.

우는 좀비라니.

들어본 적도 없었다.

하지만 그녀는 울 수 있는 좀비였다.

특이하고 아름다운 좀비.

그런 그녀가 우는 걸 보고 있자니 속상했다.

"미안해, 보비보비."

내 사과에 그녀는 작게 미소 지으며 고개를 저었다.

"관리자님이 뭐가 미안해요."

보비는 시간이 지날수록 점점 좀비란 사실을 믿을 수 없는 행동을 보였다. 어쩌면 오래 전에 잃어버렸던 자신의 성격을 되찾고 있는지도 몰랐다. 안 좋았던 마음도 그런 보비가 곁에 있어 주니 추스를 수 있었다.

다음날도 계속 조수로서의 일이 이어졌다.

"됐다. 오늘은 여기까지다. 잘 정리하도록."

"네, 주인님."

루제플은 실험을 끝내겠다고 하고 자신의 방으로 향했다. 그때 그의 허리춤에서 열쇠 하나가 떨어졌다.

그건 정말 우연이었다. 하지만 그 열쇠는 단순한 열쇠가 아니었다.

갇혀 있는 내 삶을 해방시켜 줄 열쇠였다.

그러나……

"주인이시여."

"무엇이냐?"

"이걸 떨어뜨리셨습니다."

어설프게 그 열쇠를 빼돌리는 짓은 하지 않았다. 나는 절대 바보가 아니다. 십 년이 넘는 세월 동안 영혼 속박이 안 걸렸다는 사실을 숨겨 왔을 정도다.

그런 내가 어설프게 행동할 리 없다.

"흐음."

루제플은 중요해 보이는 그 열쇠도 귀찮다는 듯 한쪽에 잘 챙겨 걸어놓으라고 명했다. 수년째 열쇠를 잘 관리하던 그도 계속된 권태와 낙담에 틈을 만들었다. 물론 그는 절대로 열쇠를 사용하지 말라고 당부를 남기긴 했다.

"네, 주인님."

내 대답에 그는 피곤한 몸을 이끌고 침소로 떠났다. 영혼 속박에 걸려 있다고 생각하니, 자신의 명을 어길 리 없다고 믿고 있었다.

하지만 그는 틀렸다.

루제플이 방에 들어가고, 기운차게 코를 고는 소리가 나자 열쇠를 품에 넣었다. 그리고 얼마 전에 받았던 명함을 꺼내들고는 조용히 아크 팰리스를 빠져나왔다.

이 열쇠를 쓴다면 루제플만 들어갈 수 있는 개인 실험실의 문을 열 수 있다. 그 안에는 10년이 넘는 세월 동안 결코 보여주지 않았던 연구 자료와, 새로운 피조물을 위해 준비된 값비싼 영혼석이 있다.

그 영혼석, 내가 차지해 버릴 계획이다.

말르씨 셸은 쓰레기장을 운용해 먹고 산다. 사방에서 밀려온 쓰레기가 쌓이고, 쌓이고, 쌓여간다. 그런데 재밌는 점은 쓰레기의 수는 늘 일정한 수준이 유지된다는 것.

분명히 쓰레기 산으로 공동空洞이 가득 찰 법한데, 밑 부분에 구멍이 있는 듯 흘러내려 간다.

대체 왜 그런 것일까?

아무도 그 답을 알지 못했다.

한 가지 확실한 점은 그 쓰레기들이 어딘가로 간다는 사실이다. 그리고 쓰레기장에 이따금씩 거대한 똥 덩어리가 발견된다. 과거 내 목숨을 그 똥이 구해준 적도 있었다.

그렇다면 쓰레기를 먹어치우는 거대한 생물이 저 땅 밑에 있는 것일까?

이 또한 답 모른다. 몹시 궁금했지만 말르씨 셀에 뼈를 묻을 게 아니니 더 생각해 봐야 소용없었다.

지금 내가 향하는 곳은 말르씨 셀의 구석진 곳이었다. 도중에 불량배를 몇 만나긴 했는데 날 보더니 눈이 커져서 도망갔다. 어떤 소심한 놈은 손에서 돌리고 있던 송곳단검Stiletto을 떨어뜨리기까지 했다.

벌써 박쥐 오크 둘을 끔찍이 살해한 소문이 퍼진 모양이었다. 게다가 죽인 후 잡아먹기까지 했으니 저들이 보기 끔찍할 수밖에.

실제로 이 지역의 갱들은 나를 함부로 건드리지 않는다. 물론 숫자가 많은 그들이 원하면 충분히 이 몸을 처리해 버릴 수 있겠지만, 선뜻 나서기에는 걸리는 점도 많을 터. 일단 내 일신의 전투력이 상당한 데다가, 결정적으로 마족의 종복이란 사실 때문이었다.

쓰레기장 옆에 자리 잡은 삼류의 루제플이지만, 마족은 곧 죽어도 마족이다.

이 지역을 관리하는 마족들에게 루제플은 눈살 찌푸려지는 존재이긴 해도, 아주 버린 자는 아니다. 만약 내가 죽으면 루제플이 마족

치안관이나 행정관에게 달려가 읍소할 테고, 그건 갱에게 심각한 두통거리가 된다.

비록 루제플이 같은 마족들에게 환영받지 못하는 자이긴 하나, 마족은 같은 마족의 권위를 지켜주는 법이다. 그래야 아래 계급의 녀석들이 기어오르지 않는다.

마족의 물건을 탐한 자에게 응당한 철퇴가 내려지지 않으면 그 권위에 문제가 생긴다.

실제로 말르씨 셀의 지배계급이 움직이면 이 거리의 갱단은 흔적도 없이 사라진다. 지금이야, 나름의 필요와 갱단에서 보여주는 성의 때문에 존재를 묵인하고 있었지만.

게다가 마족이라고 언제나 처신이 자유롭지는 않아 귀찮고 더러운 일은 갱단에게 맡기는 게 좋았다. 그래서 으슥한 골목에서 갱들이 활개치고 있었다.

그런 얽히고설킨 사정에 갱들도 날 보자 허겁지겁 자리를 피했다. 개중에 허세나 담이 있는 자는 낮은 욕설을 하고 노려봤지만, 그 이상의 행동을 보여주지는 못했다.

"쳇, 재수 없는 시체 놈이구먼."

"크르릉."

내가 막 자리를 비키는 갱을 보고 살짝 입맛을 다시자 그는 놀라 황급히 자리를 피했다.

정말 이 구역의 미친놈은 나다, 라는 포스가 전신에서 뿜어져 나오고 있었다. 식육의 갈망에 사로잡혀 있는 모습은 살아 있는 자들에게 두려움을 만들기 충분했다.

아마 내 눈이 충혈되어 번뜩이고 있었던 것 같다.

"슬슬 다 왔군."

한참 나아간 끝에 갱들도 오지 않는 시가지의 구석에 도착했다. 넘어질 듯한 작은 집이 성벽처럼 복잡하게 세워진 곳이다.

찌든 삶과 가난만이 가득한 장소.

쓰레기장의 노동자와 하급 창녀들이 머무는 삶의 터전이었다. 바닥에는 더러운 물이 고여 역한 냄새를 품겼고, 땅은 평평하지 못해 정신줄 놓고 걷다가는 넘어지기 좋았다.

그럼에도 나는 어렵지 않게 길을 찾고 있었다.

그 늙은 마족이 줬던 마법의 명함 덕이다.

이 명함이 마치 네비게이션과 비슷한 역할을 해 주고 있었기에, 복잡한 미로 같은 이곳을 침착하게 헤쳐 나갔다.

주변에 얼쩡거리던 거주민들은 내 왼팔에 달린 가재발을 보고는 입을 다물지 못했다. 어리숙한 방문자를 등쳐먹으려던 양아치들도 황급히 으슥한 그늘로 물러났다.

얼마 후 목적지에 도착했다.

집과 집이 만든 좁은 통로를 빙글빙글 돌아서야 겨우 도착할 정도로 잘 숨겨진 장소였다. 성냥갑 같은 집들이 목적지를 둘러싸고 있었는데, 주변에 함석판과 비슷한 느낌의 장애물을 치우고 들어와야 할 정도였다.

"계십니까?"

예의 바르게 목소리를 내자 곧 두 사람이(사람이라고 하긴 좀 그렇지만) 문을 열고 나타냈다.

"오, 자네 왔는가?"

그날 밤에 만났던 늙은 마족과 어린 서큐버스였다. 이 늙은 마족은 어린 서큐버스의 보호자인데, 그때 하필 일을 보느라 저 서큐버스에게 신경을 쓰지 못했다고 한다.

그 사이, 근처를 지나던 박쥐 오크와 문제가 생겼던 것인데 내 덕에 문제를 피할 수 있었다. 당시 기절했던 어린 서큐버스는 늙은 마족의 응급처치 덕에 금방 깨어났다.

"아아!"

서큐버스는 내 모습에 놀란 듯 마족의 다리에 매달려 몸을 숨겼다. 초등학교 1~2학년 정도 돼 보였다.

"욘석아, 네 생명의 은인이시다. 어서 인사를 해야지."

"네, 할아버지."

꽤 예의 바른 아이인 듯했다. 아이는 주저하더니 곧 앞으로 나와 배꼽 인사를 했다.

"안녕하세요, 저는 찌예 오르이네 그라암바르라고 함. 뉘. 다. 저의~, 목숨을~, 구해~, 주셔서~, 정말~ 감사합니다."

또박또박 말하는 모습이 재밌었다. 아이가 미리 상당히 공들여 인사를 준비했음 알 수 있었다.

그 모습이 대단히 귀여워 보여 웃지 않을 수 없었다. 하지만 다가가 머리를 쓰다듬는 행동은 하지 않았다. 마음은 당장이라도 껴안고 귀여워해 주고 싶었지만, 좀비의 모습이 어떤지 잘 알고 있었기 때문이었다.

그래도 찌예는 이 세계의 거주자답게 좀비인 날 보고도 인상을 쓰지 않았다. 지구의 어린이라면 벌써 공포에 질려 폭풍 오열하다 못해 경기를 일으킬지도 모른다.

하지만 찌예에겐 그냥 험상궂게 생긴 동네 아저씨 그 이상도 이하도 아니다. 뭣보다 그녀 자신이 서큐버스이기도 하고.

그러고 보니 서큐버스라 그런가.

어린 나이에도 눈가에 색기가 보통이 아니다.

명불허전 서큐버스구나.

이 아이가 자라면 수많은 남자를 파멸시킬 대단한 요부가 될 것임을 직감했다. 아이는 경국지색으로 클 싹이 너무나도 확실히 보였다.

경국지색.

그 미모에 나라가 기울다.

여성의 미모에 대한 찬사로는 이 이상이 없다.

하지만 찌예의 얼굴은 그 말 외에 매치시킬 단어가 없을 정도였다. 아직 어려서 볼살이 통통한데도 저러니 다 크면 정말 어떻게 변할까?

잘 자라 주렴.

너는 커서 국보가 될 것 같으니까.

아마 네 미모 때문에 큰 전쟁이 벌어질 거야.

그런데 재밌는 점은 종족 특유의 퇴폐적인 분위기 속에서도 어린이 특유의 순수함이 함께한다는 것이었다.

앞으로의 교육에 따라 이 아이가 일반적인 몽마夢魔 서큐버스가 아니라 다른 존재로 자라날 수 있을지도 모른다는 생각이 들었다.

잠깐. 저 어린 서큐버스가 왜 마족과 함께 사는 걸까?

그간 쌓은 지식에 따르면 보통 서큐버스는 어린 시절에 절대 밖으로 돌아다니지 않는다. 그런데 어째서?

의문이 피어올랐지만 나는 일부러 묻지 않았다.

"들어오게. 은인을 이렇게 밖에 세워 놓을 수야 없지."

"말씀 감사합니다."

인상 좋은 마족 노인을 따라 거처로 들어갔다. 그리고 안에 들어가 가벼운 탄성을 터뜨렸다.

"와아."

그도 그럴 수밖에 없던 것이, 밖에서 보기에 그들의 거처는 단칸방 수준이었다. 3평이나 되면 다행이다 싶었다. 그런데 안은 놀랍도록 넓은 실험실이었다.

루제플의 실험실과는 다소 분위기가 달랐는데, 온갖 마법 물품과 기구가 정연하게 배치되어 있었다. 도구의 차이도 있었고 어지럽기 짝이 없던 아크 팰리스의 공간과는 차이가 컸다.

"찌예야. 가서 차를 내오겠니?"

"네! 할아버지."

노인의 말에 찌예는 씩씩하게 대답하고 걸어갔다. 부끄러움이 많아 보였는데 꽤 다부진 구석도 있는 아이였다. 날 위해 답례의 말을 준비한 태도도 그렇고, 저리 작으면서 박쥐 오크 둘에게 대항하던 모습도 그렇다.

상당하네.

살며시 미소를 짓자 노인이 입을 열었다.

"좋은 아이지?"

"네. 정말 그런 것 같습니다."

"크면, 아주 멋진 신부가 될 거야. 남자에게 더없이 훌륭한 아내로 순종하고 봉사할 거라 생각하네."

저 아이가 자라서 멋진 여자가 될 거라는 점은 동의하지만, 멋진 신부가 될 거란 말에서는 고개를 갸웃거렸다. 이 세계의 지식을 10년 이상 공부한 내게 서큐버스란 명확한 존재였다.

"하지만 서큐버스잖습니까?"

내 말은 많은 의문을 함축하고 있었다.

그러나 노인은 고개를 저었다. "서큐버스의 삶은 알려진 것이 전부가 아닐세. 고위 악마의 애첩으로 살아가는 서큐버스들은 그들의 타고난 방탕함에도 불구하고 정숙하게 살아가네. 환경에 따라 얼마든지 다른 상황이 나올 수 있다는 거야."

"…하긴 바람피우거나 몽마의 일을 하면 그 악마가 가만있지 않겠죠."

"맞네. 그리고 결정적으로 저 아이는 서큐버스퀸의 품을 벗어난 존재네. 그녀의 가호를 저버린, 쉽게 말하면 내놓은 아이지. 그러니 몽마로서의 삶과도 무관한 존재네. 눈빛으로 저런 색기를 벌써부터 뿌리고 있지만, 앞으로의 교육에 따라 요조숙녀로 자랄 수도 있다는 거지. 끌끌끌. 재밌지 않은가?"

"확실히 흥미로운 이야기군요. 그렇다면 노인장 말씀대로 훌륭한 신부가 될 수도 있겠습니다. 한데 그런 이야기는 왜?"

내 물음에 노인은 알 수 없는 미소를 짓고는 말을 돌렸다. 순간 그의 눈빛에서 뭔가 안배가 있겠다는 것을 깨달았지만 자세히 파고들지는 않았다. 당장은 알 수 없기도 했고.

"것보다 아직 통성명도 하지 못했구먼. 자네 이름은 무엇인가?"

"가재…."

그냥 가재발이라고 답하려고 하다, 날 꿰뚫어 보고 있는 노인의 잿빛 눈동자와 눈이 마주쳐 말을 삼켰다.

다시, 천천히 노인을 살펴보았다.

흰색의 곱슬곱슬한 수염이 얼굴의 반을 덮고 있다. 그리고 깊은 주름이 그가 보낸 세월을 말해 주고 있었다. 몇 개의 길쭉한 문신이 얼굴을 가로지르고 있는 점도 특이했다. 머리는 시원하게 벗겨져 있었고 귀는 엘프처럼 뾰족했다. 그리고 로브 같은 긴 옷감의 아래로는 염소의 발이 살짝 보였다.

마족이 확실하지만, 그가 어느 정도의 실력자인지 알 수 없었다. 루제플을 보면 마족이라도 삼류란 느낌이 충만한데, 눈앞의 이 노인은 알 수가 없었다.

그래도 한 가지 인상은 확실히 받았다.

깊고 그윽했다.

평범한 존재가 아니었다. 나는 눈앞의 존재를 속일 수 없음을 직감했다. 그리고 고민 끝에 다시 입을 열었다.

"…오주윤이라고 합니다."

그러자 노인은 하회탈처럼 빙그레 웃었다. 아무런 적의도 없이 그저 기분 좋은 듯한 미소였다. 하지만 그는 내가 충격으로 두 손을 꽉 쥘 법한 대답을 해 왔다.

"그렇구먼. 역시 다른 세계에서 온 것이로군."

심장이 떨어지는 줄 알았다. 고개를 숙이고 바닥에 굴러다닐 심장을 찾아보고 싶다는 충동과 싸워야 했다.

어떻게 반응해야 할까?

어떻게 대답해야 할까?

위험한가?

속여야 하나?

찰나의 순간 번뇌의 폭풍에 빠져들었다. 하지만 곧 눈앞의 노쇠한 마족을 속일 수 없음을 깨달았다.

그렇다면 죽여야 할까?

내 눈빛이 위험으로 번뜩인 순간 노인의 입이 열렸다.

"쓸데없는 짓은 하지 않는 게 좋네. 이미 알다시피 마법 저항력이 없이 마법을 부리는 자와 싸우긴 무리야. 자네가 자랑하는 그 가재발도 순식간에 망가질 걸세."

"크흠……."

이미 경험이 있었다.

루제플이 분노하자 이 막강한 가재발은 간단히 터져 체액을 질질 흘렸다. 마치 작은 게를 발로 밟아 으깬 것과 비슷한 모습이었다. 그때 겪었던 말도 안 되는 고통이 생각나 절로 인상을 찌푸렸다.

식은땀까지 흐른다.

그런 내 모습에도 노인은 연초를 하나 꺼내서 물고는 느긋한 자세를 취했다.

"너무 긴장하지 말으이. 난 자네를 협박하려는 게 아니야. 어디까지나 보답을 위해 이 자리를 마련했다는 걸 알아주게."

길고 하얀 연기가 그의 입에서 뿜어져 나왔다.

나는 한숨을 내쉬고 긴장을 풀었다.

"어디부터, 어디까지 알고 계시는 겁니까? 아니, 대체 어떻게? 왜 이런?"

두서없는 질문에 그는 진정하라는 듯 웃어 보였다.

그때 찌예가 차를 가지고 왔다.

"일단 한 잔 하며 이야기하지. 나도 너무 두서없이 얘기를 꺼낸 것 같으이. 차분히 설명해 보겠네."

"알겠습니다."

찌예가 작고 앙증맞은 손으로 건네주는 찻잔을 받았다.

내게 차를 대접한 찌예는 빙긋 웃어 보였다.

"헤헤."

기쁜 듯 보이는 아이의 태도에 조금 기분이 나아졌다.

찌예가 왜 기분 좋아 보이는지는 잘 모른다.

은인에게 차를 대접해서일 수도 있고, 처음 해 봤을지도 모르는 차 대접을 잘 수행한 게 뿌듯한 것일 수도 있다.

"고맙다, 찌예야."

내 말에 작고 어린 서큐버스는 방긋 웃다 곧 얼굴을 붉히고는 노인의 뒤로 숨었다.

역시 아이는 알 수 없다.

뭐, 귀여우니까 됐나.

노인은 그런 찌예의 태도에 너털웃음을 터뜨렸다.

"허허허헛! 저쪽 방에서 놀고 있으렴. 간식은 원하는 대로 먹어도 좋단다. 대신 지난번처럼 말도 없이 외출하면 할아비가 크게 혼낼 게야."

"네! 찌예는 다시 그러지 않을 거예요."

"착하구나."

찌예는 작은 발을 놀려 다른 방으로 뽀르르 사라졌다. 이 집안은 마법의 공간으로 이뤄진 듯, 밖에서 볼 때와 다르게 정말 컸다.

"자, 그럼 얘기를 계속하지. 일단 이름부터 알려줌세. 나는 말고제 오르켄토라고 하네. 그냥 말고제 영감이라 불리지. 늙은 마법사로, 이런저런 마법 물건을 다루는 게 취미이네. 근래에는 영혼석 가공에도 좀 노력을 기울이고 있지."

영혼석.

나도 모르게 침을 꿀꺽 삼켰다.

그건 내게 매우 중요한 사안이다.

영혼석은 이 지하세계 생물들의 코어한 동력 기관으로, 영혼석에 영혼을 담아 보관하지 못하면 마법에 의해 영과 혼이 사로잡힐 수 있다.

그리고 강한 육체로 옮겨 가려면 반드시 그 격에 맞는 영혼석이 있어야 했다. 물론 급이 조금 떨어지는 영혼석으로도 영혼을 유착시킬 수 있지만, 문제가 발생할 가능성이 다분하다. 목숨을 걸고 도박하고 싶지 않다면, 육체와 영혼석은 항상 격에 맞추는 편이 좋았다.

이 지긋지긋한 합성 좀비 몸을 벗어나려면 새로운 영혼석이 필요

불가결의 조건이다.

물론 그에 맞는 육체 또한 필요했다.

이런저런 생각을 하고 있자 말고제는 빙그레 웃었다. 영혼석에 민감한 반응을 보인 걸 들킨 것이다. 그는 이내 말을 이어갔다.

"먼저 자네가 어떻게 다른 차원에서 왔는지 알게 된 것이 궁금하겠군. 쉽게 말하겠네. 영혼의 냄새가 달라. 그리고 자네 영혼에는 어떤 강력한 가호가 부여되어 있구먼. 이런 점은 나 정도로 안목 있는 자라면 알아챌 수 있네. 물론 그런 자를 만날 일은 거의 없으니 크게 걱정하지 않아도 좋네만."

이 노인은 지금의 내가 어쩌기 어려운 강자인 듯하다.

만약 밀고를 하려 든다면 저지할 수가 없다.

루제플은 10년을 넘게 속였는데 역시 이런 진짜에게는 어쩔 수 없구나. 오늘 아주 임자 만났다.

"가호 말씀이십니까?"

"그렇다네. 일단 자네 이야기를 좀 듣고 싶군. 필요하면 도움을 줄 수 있을지도 모르겠구먼."

이후 몇 번이나 찻잔을 다시 채우면서 이야기를 풀어 나갔다. 일부는 감췄지만 대부분은 솔직히 털어놨다.

얘기를 하면서 나는 깨달았다.

……10년이 넘게 엄청 답답했던 모양이다.

누군가에게 하소연이라도 하고 싶었구나. 나름대로 적응해 하루하루를 버텼다고 생각했는데, 꽤 힘들었던 듯하다.

"흐음… 그런 사연이 있었군."

내 사연을 듣고 한참 생각하던 노인은 고개를 갸웃거렸다.

"자네 이야기를 면밀하게 검토했네만, 미심쩍은 부분이 많네."

"거짓말한 건 없습니다만."

"하하. 오해는 말게. 그런 말이 아니야. 나는 그저 자네 기억에 누락이 있다고 생각하네."

누락?

기억의 일부를 상실?

"허……."

생각지도 못한 가능성에 말문이 막혔다. 하지만 이어진 노인의 말은 설득력이 있었다.

"일단 자네 몸에 부여된 가호가 언제, 어디서 이뤄진 건지 밝혀내는 것도 중요한 과제겠구먼. 자네가 이 세계로 와서 듣기가 가능했던 건 아마 그 가호 때문이겠지. 그리고 그 마법을 부린 주인이 의도적으로 자네 기억에 손을 댄 건지도 모르네. 아니면 차원이동의 충격으로 기억의 일부가 날아갔을 수도 있고."

돌이켜 보면 연못의 수면에 얼굴을 요란하게 부딪친 뒤에 벽돌 굼벵이가 되어 있었다.

그 사이, 뭔가 기억하지 못하는 부분이 있었단 말인가? 상념에 빠져 있던 나는 까먹고 있었던 장면 하나를 찾아냈다.

"아아, 여자."

"음? 그게 무슨 소리인가?"

"여자가 있었습니다……. 연못의 수면에 아름다운 외국인이 있었죠. 착각인 줄 알았습니다만."

"좀 더 자세히 이야기해 보게."

자세히 말할 건 별로 없었다. 순간적으로 환상을 보았다고 착각했던 그 기억을 전하자 말고제는 고개를 끄덕였다.

"아무래도 그녀가 자네의 잃어버린 기억과 관련이 있어 보이는구먼."

살짝 두통이 온다.

"으으……."

여동생, 황녀, 수호…….

일련의 단어들이 두서없이 머릿속을 관통했다.

뭔가 중요한 힘을 잊고 있다는 생각이 들었다.

어떤 무언가를 받았다.

그리고 각성에는 조건이 있었다.

그게 뭘까.

생각할수록 두통이 심해졌다.

결국 노인이 말려 왔다.

"너무 무리하지 말게. 영혼에 각인된 기억은 필요하면 살릴 수 있네. 애써 떠올리려다가는 오히려 기억을 상하게 만들 수 있어."

"그렇군요."

"그것보다 자네에게 붙어 있는 그 강력한 가호가 무엇인지 잘 모르겠구먼. 아직 제대로 각성하지 않았는데… 어떻게 깨울지도 의문이고."

이후 말고제는 연초를 치우고는 내게 도움을 줄 의사가 있음을 밝혔다. 하지만 대번에 그의 손을 잡기 꺼려졌다.

분위기는 그럴듯하고, 내게 호의를 갖고 있어 보이나 알지도 못하는 자다. 물론 이제 와서 견제한다고 무슨 소용일까 싶지만 그대로 전폭 신뢰하기도 꺼려진다.

　내 조심스러운 태도에 할 말이 있는 것 같은 노인은 곧 입을 닫고 고개를 끄덕인다.

　"급할 것 없네. 당분간 이 일대에 머물 것이니 도움이 필요하면 언제든 찾아오게. 아직 뭘 해줘야 할지 정확히 모르겠지만 상담을 하면 내가 할 수 있는 일이 있을 게야."

　"감사합니다."

　"우리 찌예를 구해 준 것은 내게 커다란 일이었네. 비록 본신의 실력에 자신이 있긴 하나 실험에 빠져 주변에 눈을 돌리지 못할 때가 많지. 자네가 아니었다면 어떤 일이 일어났을지 모르겠구먼. 이 지하세계에는 몸보신을 위해 아이를 잡아먹는 자들도 여럿이지. 추악한 괴물들이 어린이의 몸을 갈아 캡슐로 만들어 먹는다고 하네. 깊은 동굴의 그림자보다도 더럽고 검은 마음을 가진 자들이야."

　나는 말고제가 보여주는 순수한 호의에 감사하기로 했다. 그리고 일단 오늘 여기 온 목적을 꺼내 놓기로 했다.

　일의 의뢰다.

　눈앞의 노인은 내 요구를 들어줄 실력이 충분해 보였다.

　"사실 오늘은 부탁하고 싶은 일이 있어서 왔습니다. 금전도 충분합니다."

　의외로 내가 가지고 온 돈은 많았다.

　루제플이 땡전 한 푼 안 주는 걸 생각해 보면 놀라운 일이었는데,

사실 이건 몇 년 동안 갱들이나 양아치에게 얻은 돈이었다. 물론 그 과정에서 가재발을 몇 번 휘두르긴 했지만, 대체로 신사적인 교섭이 었다고 자평한다.

"금전은 됐네. 나를 뭐로 보고 쯧쯧. 내가 정말로 자네를 은인으로 생각하고 있다는 걸 모르는구면. 우리의 보은이 어떤 의미인지 자네도 확실히 알아줬으면 하네만."

"죄송합니다, 어르신."

마족은 잔인하며 오만하고, 교활하고 이기적이다.

하지만 의외로 긍지와 자부심, 그리고 명예를 지키는 모습도 보여준다. 마족의 보은도 그런 것이다. 그들의 극렬한 복수심만큼이나 은혜 역시 착실히 갚는다. 사실 마족이나 되는 존재에게 은혜를 입히기도 어려운 일이었지만.

애초에 마족이란 단어 역시 내가 임의로 붙인 것뿐이다. 마족은 사실 적절치 않고, 정확히 따지면 '지하세계의 패권을 잡고 있는 강력한 마법 사용자'들이란 게 정확한 표현이었다.

"이것을 복사하고 싶습니다. 이야기가 길어져서 사실 시간이 많지는 않습니다. 몇 시간 안에 끝내고 싶은데 가능하겠습니까?"

훔쳐온 루제플의 열쇠를 품에서 꺼냈다.

"흐음… 제법 복잡한 구조를 가지고 있구면. 그 친구에게 중요한 방의 열쇠인 모양이네."

그러나 그는 곧 열쇠를 내려놓고 단언했다.

"뭐, 그래 봤자지. 마법 물품의 취급이라면 젊은 시절에 꽤 명성을 날렸다네. 걱정하지 말게. 30분이면 충분하네."

생각보다 훨씬 시간이 걸리지 않는다는 사실에 안도했다.

그의 말대로 작업은 곧 끝났고, 인사를 한 뒤에 집을 나섰다.

"또, 또 오세요."

수줍게 말하는 찌예에게 빙긋 웃으며 인사를 건넸다.

참 귀여운 아이가 아닌가.

돌아가는 길을 너무 서두를 필요 없을 듯했다.

시간 여유가 있었기에 천천히 걸으며 이런저런 상념에 빠졌다.

내가 잃어버린 기억은 무엇일까?

억지로 쥐어짜내듯 악을 썼다.

말고제 영감은 그러지 말라고 했지만 답답함은 참지 못하는 성격
이다. 그러자 겨우겨우 무언가를 조금 떠올릴 수 있었다. 좀 표현이
더럽긴 하지만 심한 변비일 때 악을 써 작은 똥 덩어리 한 개를 뿅!
하고 떨어뜨리는 것과 비슷했다. 들인 노력에 비해 성과가 너무 적
달까.

그래도 아주 결과가 없었던 건 아니다.

분명히, 나는 아주 대단한 존재와 만난 적이 있음을 확신할 수 있
었다.

이 세계로 오기 전에 말이다.

그리고 무언가 중요한 의무와 함께 강력한 힘을 받았다. 어떻게
그 힘을 각성할 지는 알 수 없었지만.

"이 이상은 안 되겠군."

고개를 흔들고는 더 무리하지 않기로 했다.

하지만 한 가지 확실한 건, 이 잃어버린 기억을 되찾는 게 무엇과

도 바꿀 수 없는 중요한 일이란 점이었다.

여분의 열쇠를 갖게 된 후에도 경거망동하지 않았다. 시간이 얼마 없음을 직감하고 있었지만 섣불리 움직일 수는 없었다.

그리고 차분히 기다린 보답인지, 며칠 뒤에 기회가 생겼다. 최근 연구가 지지부진하자 스트레스를 심하게 받은 루제플이 술을 마구 들이켜고 뻗어버린 것이었다.

"크르르르렁~!"

요란하게 코를 걸며 뻗은 루제플을 보고 마음을 굳혔다. 적당하다.

오늘 밤이야말로 절호의 기회다.

보비나 다른 좀비들도 별다른 움직임이 없었다.

물론 잠든 루제플을 습격한다는 선택지가 없는 건 아니지만, 그건 생각 외로 쉽지 않은 일이다. 마족은 상상 이상으로 강력하다. 가재 발로 목을 쳐도 일격에 쓰러뜨릴 수 있다는 보장이 없다. 아마도 전투가 벌어질 확률이 높은데 그건 지양하고 싶은 일이었다.

그러나 차후에 루제플과 싸움을 피할 수 없다면 그가 잠든 틈에 선공을 날릴 것이다. 물론 이후에 터프한 투쟁이 이어질 것을 충분히 각오한 채로 말이다.

신중하자.

밤손님처럼 살금살금 익숙한 복도를 걸었고, 지금까지 결코 이 아크 팰리스의 주인인 루제플 외에는 허락되지 않은 금단의 성지 앞에 섰다.

심장이 떨려 왔다.

숨을 크게 내쉬어 마음을 다잡고는 열쇠를 꺼내 구멍 안으로 집어 넣었다.

찰칵.

너무나 경쾌한 그 소리가 침묵에 묻힌 아크 팰리스 안을 크게 울렸다.

조심스럽게 손잡이를 당기자 희미한 빛이 문틈에서 새어 나왔다. 최대한 소리를 죽여 들어가서는 안을 꼼꼼히 살폈다. 온갖 실험 기구와 재료들이 방의 양쪽으로 가득 차 있었다. 그리고 방 끝, 시야의 정면에 거대한 유리관이 있었는데, 그 안에서 은은하면서도 비범한 빛이 흘러나왔다.

촛불에 달려드는 불나방처럼, 홀린 듯 나아가려다 퍼뜩 멈춰 섰다.

말고제 노인이 했던 경고가 떠올랐기 때문이었다. 이 방에는 침입자에 대한 마법적인 대비가 되어 있을지 모른다. 해서 그가 준 도구를 품에서 꺼냈다.

작은 마법 막대였다.

사용법은 이미 배워서 알고 있다.

나직하게 주문을 외우고 마법 막대기를 휘둘렀다.

그러자 반짝이는 모래 같은 게 사방으로 뿌려졌고, 주변에 몇 개나 깔려 있던 마법이 일시적으로 해제되었다.

"흐음. 알람 마법에 기타 등등이군. 쯧, 잡스럽기는…."

한껏 허세를 부렸지만 실상 말고제 영감이 도와주지 않았으면 곧장 걸렸을지도 모른다.

식은땀이 날 것 같았지만, 당당히 안으로 들어가 우선 이 방 안에서 가장 귀중한 것의 곁으로 다가갔다. 방 끝에 있는 큰 유리관 속에 잠긴 영혼석이다.

"이거구나……."

보관된 영혼석의 아름다움에 감탄성을 흘리지 않을 수 없었다. 그건 손바닥만한 크기의 훌륭한 호박석과 같아 보였다.

영롱한 빛이 도는 멋진 보석과도 같은 그 형태 덕에 제법 괜찮은 수준의 영혼석이란 걸 알 수 있었다. 적어도 좀비인 내 몸 안에 든 영혼석과는 비교할 수 없을 정도다.

영혼석의 등급은 보통 1등급에서 10등급까지로 나뉜다. 등급 외의 영혼석도 있는 모양이지만 일반적인 경우는 아니다. 1등급에서 10등급까지만 구분해도 충분하다.

참고로 벽돌 굼벵이의 영혼석이 10등급, 합성 좀비인 지금은 8등급이다.

주변에 널린 서류를 뒤적이며 서둘러 조사를 시작했다.

마음이 급했지만 서두르지는 않았다.

이런 전문적인 내용은 간단히 스윽 볼 수 있는 게 아니다. 꼼꼼히 읽지 않으면 잘못 이해하기도 쉬웠다. 급할수록 돌아가란 말은 지금이 딱이다.

어둠 속에서도 잘 보이는 좀비의 눈을 이용해 차근히 서류를 뒤적였다. 그건 이 호박색 영혼석에 대한 데이터를 가득 담고 있었다.

오호, 무려 6등급이었군. 제법이잖아.

완성하는 데 상당한 돈이 들었을 텐데, 루제플 주제에 힘을 낸 모양이다. 대체 얼마나 쓰레기장을 뒤적인 걸까.

하긴 뭐… 같이 다녔으니.

그는 이걸 아마 필생의 대작으로 생각하고 있는 모양이다.

"필생이 대작이 겨우 6등급이란 것도 우습군."

나와 루제플의 시선으로 보면 '무려' 6등급이다.

하지만 냉정하게 보면 '겨우' 6등급이다.

소문에 의하면 황족의 근위대는 전원 3등급 이상이라고 한다. 루제플이 자신의 능력을 총동원해도 근위대는커녕 근위대에서 밥하는 놈 수준밖에 못 만든다는 거다.

"좀 서두를까."

이 호박색 영혼석에 관해 어지간히 파악하고 난 뒤에 주변에 놓여 있는 자료를 뒤적였다.

루제플의 연구 성과를 훔칠 생각이었다.

그에게 통렬한 뒤통수를 날리는 문제 외에도, 개인적으로 이 자료에 대해 관심이 많았다.

10년의 세월은 나를 한 명의 몬스터합성강화사로 만들어 놨다. 전공이나 다름없는 분야니 절로 흥미가 동할 수밖에. 루제플이 고생 고생한 데이터를 훔치기 위해 나는 눈을 번뜩였다. 그간 녀석이 날 부려 먹은 것에 비하면 이건 조족지혈이나 다름없다.

흐음, 상당히 도움이 되는 자료들이군.

게다가 안에는 제법 값진 물건이 꽤 있었다.

다 이번 실험을 위해 준비된 것이리라.

그건 그렇고 육체는 어디에 있지?

그는 분명히 영혼석뿐 아니라 육체도 준비하고 있을 터이다. 한데 배양되고 있을 육체를 본 적이 없다.

아니면 외부에서 필요할 때 들여오기로 했나?

의문이 꼬리에 꼬리를 문다.

좀 더 자세히 조사해 볼 필요가 있다.

그러다 나는 한 자료에서 충격적인 사실을 발견했다.

"이 녀석…."

육체가 없는 이유를 찾아낸 것이었다.

"날 사용할 생각이었군."

재밌게도, 아니 식겁하게도 루제플은 새로운 육체가 아니라 합성 좀비인 내 몸을 다시 업그레이드할 작정이었다.

기왕이면 새로운 몸을 만드는 게 좋겠지만, 이것도 나쁜 방식은 아니다. 보통 두 번까지는 '합성'의 방법으로 육체의 업그레이드가 가능하다.

쉽게 말하자면 삼단변신.

나는 그냥 좀비에서 한 단계 위인 합성 좀비다. 그리고 한 번 정도는 더 진화할 수 있는 기회가 남아있다.

하지만 의아한 점도 많았다.

그런 업그레이드라도 결국 좀비라는 한계를 뛰어넘기 어렵다. 발전하기야 하겠지만 결국 더 강해진 좀비일 뿐이다. 한데 루제플은 분명히 내 육체를 이용해 좀비가 아닌 것을 만들려고 한다.

"뭐지… 뭘 어쩌겠다는 거지."

불길한 예감이 들었다.

그러다 아래쪽의 서류에서 루제플의 계획을 다 확인할 수 있었다.

제기랄.

제길.

생각보다 안 좋은, 아주 위험한 플랜을 세우고 있었구먼, 그 양반.

루제플은 날 업그레이드할 생각이 없었다.

일부의 자료만 본 탓에 성급한 결론을 내리고 말았다.

사실, 루제플은 내 육체를 기본으로 나란 인간의 정체성을 아예 소거해 버릴 작정이었다. 합성 좀비인 이 나름대로 괜찮은 육체를 기반으로, 새로운 신체를 접목해 영혼석이 들어갈 육체를 배양할 계획이다. 역시 그편이 자금이 쪼들리는 그의 입장에서는 합리적인 방법일 터.

다만 게임에 모드를 여러 개 마구 깔면 오류가 생기듯, 문제가 터질 소지야 있었다. 자료를 보니 루제플은 그런 호환성 문제를 극복하기 위해 다방면으로 궁리를 했던 모양이다.

최근에 연구를 꽤 힘들어하더니 이런 까닭이 있었나…….

그렇다면 육체가 준비되지 않았던 이유를 알 만하다.

때가 되면 나란 존재를 완전히 배제해 버리고 새로운 걸 만들려고 했으니 말이다.

당연한 이야기지만 그렇게 하면 나는 죽는다.

지구로 돌아가지도 못하고, 이 이세계異世界에서 좀비로 살다 한스럽게 죽는다.

분기가 치밀어 올라 입술을 깨물었다.

절대 이대로 당할 수 없다는 생각을 했다.

어떻게든 루제플의 뒤통수를 쳐야만 한다.

"낄낄낄, 최근에 어쩐지 배신자의 냄새가 난다고 했지."

그러나 그런 내 의지를 배신하듯 옆쪽에서 카랑카랑한 목소리가 들려왔다.

깜짝.

순간 온몸에 소름이 돋는다.

움찔하는 것을 감추지 못하고 옆을 돌아보았다. 그리고 차가운 표정으로 서 있는 루제플을 발견할 수 있었다.

서늘하다.

입가는 웃고 있었지만 표정은 더없이 사나웠다.

……이게 마족인가.

최대한 조심하고 극도로 신중했는데 꼬리가 길었던 모양이다.

역시 무서운 존재다.

이미 징후를 포착하고 날 주목하고 있었음이 틀림없다. 분명히 술에 곯아떨어졌을 텐데 전혀 알코올의 기운이 느껴지지 않았다.

연기이고, 속임수였던 것이다.

두려움에 손발이 부들부들 떨며 들고 있던 서류를 땅에 떨어뜨렸다. 그런 내 모습에 루제플이 잔인하게 웃어댔다.

"크에에에엣! 밤에 쥐새끼처럼 숨어들기에 제법 담이 센 줄 알았건만, 역시 쓰레기는 어쩔 수 없는 쓰레기군. 그래, 떨어라. 죽도록 떨어라. 결코 편하게 죽여주지 않을 테니까! 낄낄낄!"

그 사악한 모습에 오히려 정신을 차릴 수 있었다. 그리고 내가 그에게 얼마나 괴롭힘당하고 마음을 졸여 왔는지 상기했다.

반발심이 나의 의지를 곧추세워줬다.

이대로 굴복할 수는 없었다.

그 굴욕의 노예 생활.

이를 악물었다.

그렇게 도망치려 하는 자신을 되잡고 입을 열었다.

"오늘로 나의 자존을 되찾을 것이다. 루제플."

단호하게 선언하고는 가재발을 들어 올렸다.

"엉? 그딴 걸로 날 해칠 수 있다고 보는 거냐?"

루제플은 어이없다는 듯이 비웃었다.

하지만 가재발을 내리친 방향은 마법을 준비하고 있는 그를 향해서가 아니었다.

--카앙!

둔탁한 소리를 내며 호박빛 영혼석이 담겨 있던 유리관이 터져 나갔다.

"이놈이!"

루제플이 경악성을 터뜨리는 찰나, 터진 용액 속에서 흘러나오는 영혼석을 낚아챘다.

"경거망동하지 마라. 루제플."

영혼석을 앞으로 내밀어 루제플의 마법을 견제했다. 그리고 언제든 가재발로 영혼석을 조각내 버릴 수 있음을 시사했다. 나는 이 값비싼 영혼석을 방패로 쓰고 있는 것이다. 이처럼 호화로운 방패가 있을까?

지켜보다는 루제플은 얼굴이 화끈 달아올라 있었다. 이 영혼석이 날아가면 그의 연구는 커다란 좌절을 맞이하게 된다. 하니 안달할 수밖에.

"감히, 감히 네놈이……!"

이를 박박 가는 소리가 들려왔다.

내가 잡고 있는 인질 아닌 인질 때문에 그는 함부로 마법을 사용하지 못하고 있었다.

"이 녀석, 어떻게 영혼 속박을 피한 것이냐? 아니면 시간이 지나 풀린 것인가?"

그의 얼굴에 혼란이 피어올랐다. 평소에는 볼 수 없는 모습에 점점 유쾌함이 퍼져갔다.

"어리석구나. 루제플."

"뭐야!"

무시하던 노예에게 어리석단 소리를 듣자 루제플은 그야말로 발작을 해댔다. 하지만 이쪽에서 내밀고 있는 영혼석 때문에 발만 동동 구를 따름이었다.

"쳐 죽일 녀석! 네가 정녕 편하게 죽을 생각이 없구나!"

"아까는 최대한 고통스럽게 보내주겠다고 하지 않았냐? 하여간 마족 놈이 말만 많아서."

"뭐 마족?"

당연히 그는 마족이란 단어를 이해하지 못했다.

마족은 내가 그들 종족에게 임의로 붙인 이름이다. 루제플이나 말고제 영감이 속한 종족은 정확히는 '타르나이'. 고대어로 마법의 종사란 뜻이다. 나도 앞으로는 헷갈리지 않게 마족 대신 타르나이라고 칭하는 게 좋겠군.

"물러나라. 영혼석 깨지는 거 보기 싫으면."

이 방을 어떻게든 빠져나갈 생각이다.

방은 양쪽에 물건이 가득 차 좁은 통로와 같은 상태다. 루제플이 마법을 쏴도 피할 구석이 없었다. 이 인질극이 언제까지 먹힌다고 생각하지 않았지만, 적어도 넓은 곳으로 갈 때까지는 시도해 봐야 했다.

그리고 나에게는 한 가지 비장의 수단이 있었다.

긴박한 와중에도 주머니의 불룩한 감각이 느껴졌다.

여기에는 마법을 몇 번 튕겨낼 수 있게 해주는 물약이 들어있다. 그동안 루제플과의 전투에서 어떻게 해야 할지 고민이 많았다. 단순 물리력으로는 그의 주문에 상대도 안 될 것이 뻔했기 때문이다.

결국 나름대로 찾아낸 방법이 이 물약이다. 몰래 이것을 완성하기 위해서 연구소의 시약을 빼돌리고 비자금을 다 쏟아부었다. 지금와서 생각해보면 그때 빼돌린 시약 때문에 루제플에게 꼬리가 잡히기 시작했는지도 모른다.

하지만 상관없다.

내가 작은 반항이나마 시도하려 하는 것은 이 물약 덕분이다. 어차피 끝장을 보기로 한 것, 이 싸움은 반드시 승리할 작정이다. 그러려면 우선 몸을 운신할 폭이 있는 곳으로 나가야만 한다.

"물러나!"

"그딴 꼼수가 언제까지 먹히리라고 보는 것이냐?"

싸늘한 눈동자로 루제플은 주춤주춤 움직였다.

어차피 그런 점은 잘 알고 있다. 조금만 틈이 난다면 루제플이 득달같이 마법을 날려 내 가재발을 터뜨려 버리고도 남는다. 박쥐 오크를 들어 던지는 용력도 마법의 종사 타르나이 앞에서는 소용이 없는 법이다.

나에겐 더 넓은 공간이 필요했다.

"뒤로! 더 뒤로!"

"흥! 어디 원하는 대로 해 봐라. 하지만 이 아크 팰리스를 살아서 빠져나가지 못할 것이다."

"아크 팰리스는 염병! 이 쓰레기장 옆에 붙어 있는 판잣 집 주제에. 꼴값을 떨고 있네."

"뭐라! 이놈이 정말 보자보자하니까!"

"너 이 새끼야, 그간 말 안 했는데 좀 씻고 살아. 거지같은 놈아. 만날 쓰레기장만 비렁뱅이처럼 뒤지고 사니 몸에서 썩은 내 난다, 썩은 내. 좀비도 너보다는 깨끗하겠다."

일방적인 폭언에 루제플은 수염이 부들부들 떨릴 정도로 격노했다.

하지만 일부러 그를 계속 도발했다. 흥분하면 발작적으로 달려들지 모른다. 오히려 냉정하게 틈을 보고 마법을 날리는 것보다 그 쪽이 훨씬 유리했다.

그래서 계속 그간 속에 담아 놨던 말을 쏟아 놓았고 루제플은 분기가 오르는지 뒷목을 잡았다.

이후 아크 팰리스…, 아니 이 판잣집 1층에 도착했다. 이대로 밖으로 나가기엔 너무 위험하다. 실내라는 공간에서 나도 이점을 얻고 있다. 아까처럼 직선의 좁은 곳이 위험하지만 야외는 더 안 좋다. 루제플이 마법을 부려 내 뒤쪽을 어떤 방법으로 덮쳐올지 알 수 없었다.

슬슬 승부를 걸기로 했다.

이대로 대치를 해봐야 결국 지는 건 나다.

아직 틈이 있을 때 과감한 결단을 내렸다.

"받아라."

휙!

가재발에 들고 있던 영혼석을 냅다 집어던졌다. 루제플은 깜짝 놀라서 받으려 뛰어갔고, 나는 그 순간 주머니에 있던 물약을 꺼내들었다.

덜덜덜.

손이 마구 흔들려 마개를 여는데 애를 먹었다. 제기랄, 한쪽이 가재발이란 게 이렇게 당황스러울 줄이야.

수전증이라도 온 건가, 갑자기 왜 이러지.

이러다 죽는다.

죽어.

약을 먹기도 전에 마법이 발동될 거야.

그렇다고 영혼석을 향해 뛴 루제플을 살피는 어리석은 짓을 하지 않았다.

0. 1초라도 낭비할 수 없었다.

모든 집중력을 이 물약병에 쏟아 부었다.

꿀꺽꿀꺽.

결국 입안에 물약을 넣은 순간 펑! 하는 소리와 함께 빛이 번쩍였다.

동시에 나는 공성추에 얻어맞은 사람처럼 수 미터 날아가 소파를 쓰러뜨리며 요란하게 처박혔다.

"커어어억……."

가슴팍이 막히면서 몸을 제대로 가누기 힘들었다.

늦었나?

서둘러 몸을 더듬어 보니, 천만다행으로 멀쩡했다. 큰 충격을 받긴 했으나 물약이 제대로 작동한 모양이었다.

수 미터나 날아가 버리기는 했기에 완벽 방어는 아니었지만 마법의 상당 부분을 상쇄하여 몸 어디도 터진 곳은 없었다. 원래라면 몸이 터져 바닥을 비참하게 기고 있어야 정상이었으니 효과가 실로 놀랍다고 하지 않을 수 없었다.

"낄낄낄! 감히 벌레 주제에 까불어? 감히! 감히! 감히! 이 루제플 마이드낚쓰 님께! 크헤헤헤헷!"

이미 승리했다고 생각하는 듯 루제플은 광기에 찬 목소리로 다가왔다. 그에게 난 제대로 보이지 않는다. 소파 뒤쪽으로 넘어졌기 때문이다.

늘어진 내 팔다리 정도나 보일 것이다. 그는 물약 같은 변수는 생각도 못한 채 내가 일격에 쓰러졌다고 믿는 모양이었다. 하긴 노예가 어디서 마법을 막아내는 특별한 물약을 구해 왔을 거라 생각하는 자체가 이상하다.

"낄낄낄. 역시 꿈틀거리는 벌레를 밟는 맛은 각별하구나."

목소리에서 방심한 기색이 여실히 느껴졌다.

다시 한 번, 이 기회를 절대 놓치지 않기로 했다. 숨을 죽여 준비하고는 그가 사정권으로 들어오길 기다렸다.

조금만 더.

조금만.

당장 벌떡 일어나 루제플을 덮치고 싶다는 욕망에 시달렸지만 간신히 참아 냈다.

약간이라도 간격이 있으면 루제플이 충분히 마법을 사용할 것이다. 미리 준비한 물약 덕에 몸이 터지는 건 피할 수 있겠지만, 충격은 완전히 막아낼 수 없다. 다시 수 미터 뒤로 날아갈 테고 그 후에는 루제플이 눈치를 채고 만다.

"이놈! 좀 더 날 신나게 해 주지 그러느냐."

거의 다 다가온 루제플이 장난치듯 내 발을 톡톡 건드린 순간 벌떡 일어났다.

"더억!"

여유 만만하던 루제플조차 깜짝 놀라서 소리를 낼 정도였다. 나중에 그는 자신이 일개 좀비에게 놀랐다는 사실에 얼마나 수치스러워할까.

물론 살아나 있을까 모르겠다만.

부웅.

별다른 기합도 없이, 이를 악물고 있는 힘껏 가재발을 휘둘렀다.

"꾸엑!"

돼지 멱따는 소리를 내며 이번에는 루제플이 뒤로 날아가 뒹굴었다.

와장창!

집기가 깨지고 넘어지며 요란한 소리가 났다.

"크으으윽…."

드디어 반격의 시간이다.

주저 없이 달려가 황급히 몸을 일으키는 루제플의 옆구리에 사커 킥을 날렸다.

퍼억!

발끝이 아주 제대로 돌아갔다.

"쿠엑!"

크게 입을 벌린 루제플이 침을 질질 흘리며 고통스러워했다. 그러나 절대 봐줄 생각이 없었다. 이 잔인하고 까다로운 주인 밑에서 했던 고생이 마구 떠올랐기 때문이었다.

퍽! 퍼억! 퍽!

계속 사커킥을 날렸고 마침내 루제플은 외마디 비명을 지르며 늘씬하게 뻗어 버렸다.

"실로 비참하군, 루제플."

"이, 이 자식이…."

퍼억!

"끄아아악!"

가재발로 루제플의 머리를 들어 벽난로에 집어던졌다.

콰아아앙!

부실하게 만든 벽난로의 벽돌이 무너졌고, 재가 자욱하게 피어올랐다.

"루제플!"

흥분한 내가 분노에 찬 외침을 내뱉던 순간 마법이 날아들었다.

용케 이 상황에서도 마법을 부린 것이다.

궁지에 몰려서 루제플도 초인적인 집중력을 발휘한 모양이다. 날아오는 마법은 번쩍이는 에너지구球였다.

하지만 같은 수법에 당하지 않는다.

가재발로 있는 힘껏 마법을 쳐내 버렸다.

콰아아앙!

날아간 마법은 옆에 있던 계단을 부수며 튕기고는 천장을 뚫었다. 평소의 내 능력대로라면 이렇게 마법을 쳐낸다는 일은 상상도 못 한다. 에너지구에 닿기 무섭게 그냥 가재발이 터져 버리고 만다. 그만큼 물약 덕을 톡톡히 보고 있었다.

그러나 문제가 있다면 이렇게 마법에 저항할 수 있는 횟수 자체가 제한적이란 점이다.

정확한 횟수는 알 수 없다. 상대의 능력에 따라 달라지는데, 강한 마법은 한두 번이 한계고 약한 마법은 열 번이라도 효과를 볼 수 있었다.

루제플의 마법은 예상외로 강해 앞으로 한두 번 더 이러면 물약이 효력을 잃을 것 같았다.

그래서 즉각 재를 뒤집어쓰고 반쯤 누워 있는 루제플에게 쇄도해 들어갔다. 어서 끝을 내는 편이 좋겠다.

지난 시절의 감상에 사로잡혀 계속 두들겨 패고 싶었지만 그건 너무 위험했다. 서둘러 마무리해야 한다.

곧장 가재발로 목을 뽑아버리기로 하고 달려들던 그때.

이변이 일어났다.

루제플의 몸이 쩍 – 갈라지더니 안에서 흉악한 살점이 부풀어 오르기 시작한 것이었다. 그 변화는 너무나 급작스럽고 빨라, 어떻게 대비하기도 힘들었다. 거의 한순간에 변형을 일으킨 것이나 마찬가지였다. 그리고 그 과정이 끝나자 머리가 천장까지 닿는 덩치 큰 괴물이 눈앞에 나타났다.

생긴 것도 흉흉하기 짝이 없었고, 완력은 나를 압도할 것 같은 형상이었다.

놀라서 입이 다물어지지 않는다.

이거 원…….

지킬 박사냐.

좀 봐주지 그래.

그 순간 루제플의 정권이 내 안면에 작렬했다.

주변의 배경이 빠르게 지나가는 기분이다.

어라?

놀이기구를 탈 때 이것과 비슷했는데 말이지.

우당탕! 콰앙!

주변에 요란한 소리가 울려 퍼지는 순간에도, 나는 내가 공중 부양을 했다는 사실도 제대로 깨닫지 못했다. 이윽고 땅바닥에 몸을 붙이고서야 사태를 파악할 수 있었다.

주변에 먼지가 자욱하다.

"콜록, 콜록."

단 한 방에 다시 수 미터 강제 후퇴한 나는 뼈마디가 쑤시는 걸 느끼며 바닥에서 몸을 비틀었다. 여러 곳이 부러진 것 같다.

몸이 제대로 움직이지 않았다.

이런, 이제 끝인가.

낭패란 생각이 머릿속을 사로잡는다.

루제플이 저렇게 변신하는 건 예상에 없던 부분이다.

예측 외의 사태다.

당연히 대비 수단도 없다.

"제법이긴 했다만, 기어오르는 것도 여기까지다. 벌레 녀석."

루제플의 목소리는 애써 억누르고 있는 분노로 가득 차 있었다. 그는 어찌나 화가 났는지, 자기의 분을 다 터뜨리길 두려워하는 듯했다.

만약 루제플이 폭주한다면 이 보잘것없는 아크 팰리스가 박살이 날지도 모른다. 지금 그가 억지로, 억지로 참고 있는 것 같다는 생각이 들었다.

그 정도로 눈앞의 루제플은 압도적인 위용을 자랑했다.

"……루제플."

호기심에 그를 불렀다.

"뭐냐. 벌레."

"당신은 몇 등급의 영혼석을 가지고 있지?"

워낙 절망적이라 해법을 찾기보다는 그냥 호기심이 앞섰다. 내심 포기한 것인지도 모른다. 사실 이미 몸은 말을 듣지 않았다. 다리가 다 부러진 모양이다.

루제플도 그런 느낌을 받았는지 실소를 터뜨렸다.

"쓸데없는 질문을 하는군. 뭐 어차피 죽어 없어질 놈이니 대답해 주지. 3등급이다."

"허허."

헛웃음이 나왔다.

강하잖아.

너무 강했잖아, 이 녀석.

그런데 어째서 이런 쓰레기장에 박혀 있었던 거야?

그냥 저 힘을 가지고 어디든 취직할 수 있을 텐데.

역시 지나친 취미 생활은 좋지 않은 법이라니까.

역시 애초에 무리였구나.

3등급이랑 어떻게 싸워.

혼란스러운 머리를 흔들며 어떻게든 몸을 반쯤 일으켰다. 이미 루제플은 앞에 다가와 있었다. 그 이글거리는 눈빛이 강렬하다.

변신 후에는 인격까지 변한 것 같다. 경망스러운 놈이었는데 지금은 거물처럼 묵직한 느낌이다.

"네 놈을 절대 편하게 안식할 수 없게 해 주마. 죽지도 못하고 영원의 굴레에서 고통받게 해 주지. 벌레인 네가 예전에 경험했던 벽돌 굼벵이의 삶조차 천국으로 생각하게 만들겠다."

루제플은 오거만한 손으로 내 목을 잡아 들어올렸다. 때문에 목매단 사람처럼 대롱대롱 매달렸다. 그의 손목을 아직 움직이는 한손으로 잡아 봤지만 애처로운 발버둥에 불과했다.

"크크큭⋯."

그는 내 발악이 재밌다는 듯 웃어대더니 한손으로 가재발을 붙잡았다.

"아, 안 돼."

뭘 하려는 건지 눈치챈 내가 신음하는 순간, 그는 가재발을 통째로 잡아 뜯었다.

우두둑, 우둑! 찌이익!

"끄아아아아아아악!"

믿을 수 없을 정도로 커다란 비명이 입에서 터져 나왔다.

빌어먹을!

"아아아아악!"

팔을 잡아 뜯었어.

가재발을 뽑아 버렸다고!

차라리 죽고 싶다는 생각이 들 정도의 격통이었다.

내가 계속 비명을 지를수록 루제플의 눈동자에 희열이 서렸다. 묵직해졌다 싶었지만 가학적인 성품은 여전했다. 나는 그 꼴이 보기 싫어 이를 악물고 고통을 참아냈다.

"으으윽! 끄으윽!"

억지로 이겨내려고 하니 목이 떨리고 입가에서 침이 흘러나왔다.

"허허, 악이 받친 그 얼굴 정말 좋군. 네놈이 언제까지 그러나

볼까?"

이제 루제플의 손은 남은 오른팔로 향했다.

제기랄.

이번에는 또 얼마나 아플까. 이놈이 기뻐할 테니 죽을 때 죽더라도 비명은 지르기 싫었다. 과연 버틸 수 있을까.

그렇게 이를 악물고 있는 순간이었다.

퍼어엉!

폭음이 터지더니 루제플의 상체를 뚫고 쇠가 튀어나왔다.

아니, 저게 뭐지?

대체 누가?

"크으윽."

놀란 듯 눈동자가 커진 루제플은 날 떨어뜨리더니 주춤주춤 뒤로 돌았다. 나 역시 상황을 파악하고는 눈을 크게 떴다.

"보비!"

뒤쪽에는 어깨에 소형 대포를 짊어진 보비가 있었다. 맙소사, 저건 어디서 가져온 거야?

저 소형 대포는 지구의 바주카포와 비슷한 종류다. 다른 게 있다면 마력으로 작동하고 쇠꼬챙이와 같은 걸 쏜다는 점이다.

지저에서는 주로 크고 강한 몬스터를 토벌하기 위해 사용한다. 위력은 확실한데 문제는 가격이 비싸다. 그런 걸 보비가 어떻게 가지고 있을까?

의아해하던 나는 곧 짐작할 수 있었다. 늘 근무 시간 외에도 쓰레기장을 뒤지러 다니던 보비다. 나는 그게 루제플에게 잘 보이기 위한 방편 정도로 여겼었다. 시간 대비로는 성과가 별로였지만 가끔 괜찮은 걸 주워와 루제플의 마음에 들어 했으니 말이다.

하지만 그건 속임수였던 게 틀림없다.

보비는 나름대로 살 방책을 강구했던 거다. 그리고 쓰레기장에서 무언가 값진 걸 찾아냈고 그 돈으로 저 마법 물품을 산 거다.

만약의 사태를 대비해 지금까지 숨겨뒀던 것 같은데 내가 위기에 빠지다 바로 들고온 모양이다. 저 겁 많은 녀석이 날 위해 이렇게까지 나서줄 줄이야.

위험하잖아, 바보 녀석!

보비의 얼굴이 공포와 흥분으로 마구 흔들리고 있었다. 그녀는 내게 간절히 소리친다.

"도망치세요!"

지금 내가 문제가 아니야!

"보비! 피해!"

분노한 루제플은 팔을 휘둘렀다.

"이 천한 것이!"

악을 쓰며 앞으로 튀어 나갔지만 어떻게 할 틈도 없었다. 나는 막을 수 없는 가혹한 공격을 바라볼 뿐 무력했다.

퍼억!

단번에 보비의 어깨가 터져 나갔다.

"까아앗!"

실로 가공할 전투력이다. +2강을 한 좀비인 보비가 일격에 전투 불능이 되어 바닥에 뒹군다.

"보비이!"

루제플은 쓰러진 그녀를 끝장내기 위해 쿵쿵거리는 소리를 내며 걸어갔다.

보비가 주인인 루제플을 공격해 가면서까지 날 구하려고 했다는 점에 무척 놀랐다. 사실 보비에게는 영혼 속박이 걸려 있지 않다. 간단한 노예 마법 정도만 부여되어 있다.

왜 안 걸려 있느냐?

보비에게 그럴 가치가 없기 때문이다.

영혼 속박은 돈이 많이 드는 주문이다. 그런데 보비 정도에게 루제플이 따로 마법을 걸 리가 없다. 그저 도망가면 찾을 수 있는 정도의 노예 마법만 부여했을 뿐이다.

물론 노예 마법에도 대상을 강제할 힘을 가진 고급 노예 마법이 있지만, 그 시약 값만 해도 좀비 100마리는 살 정도다. 당연히 수지타산이 맞지 않는다.

그나마 보비 정도 되니 위치를 찾을 수 있는 노예 마법이 걸렸지 나머지 일반 좀비 넷에게는 아무것도 없었다. 타르나이가 보기에 좀비란 아무런 위협도 되지 않는 존재였다.

인간이 개, 돼지를 보는 관점과 비슷하다.

하니 애써 마법까지 걸 이유도 없었다.

또한 좀비 역시 노예근성으로 가득 차 주인을 공격하거나 도망칠 엄두도 내지 못한다. 나나 보비 정도만 루제플에게 관리를 요하는 재산이었으니까.

아무튼, 이렇게 마법적인 제약이 없었기에 보비는 루제플을 공격

할 수 있었다.

물론 엄두도 내지 못해야 정상이지만.

루제플은 두려운 주인이다.

+2강 좀비인 보비라도 마법에 몸이 터져 버릴 수 있었다. 해서 이 날까지 작은 반항도 하지 못했었다.

그런데 그녀는 나섰다.

오로지 날 위해.

"보비!"

억지로 몸을 반쯤 일으켰을 때 다시 루제플에게 맞은 보비가 한쪽 구석으로 날아갔다.

놀랍게도 이제 보비의 몸에는 하반신이 없었다. 창자와 체액이 먼지 많은 카펫 바닥 위로 길게 늘어졌다. 하체는 몇 미터 옆쪽에 제멋 대로 구르고 있었다.

그런 상황에서도 보비는 내게 눈짓을 해 보였다.

도망가라고 눈빛으로 말해 오는 것이다.

으으…….

그 모습에 마음이 찢어지는 고통을 느꼈다.

제기랄.

너 따위가 뭐라고 나서.

왜 네가 하반신이 없어질 정도의 부상을 입어야 하는 거야.

이제 죽게 생겼잖아.

어차피, 저 괴물로 변한 루제플은 아무도 못 이긴다고.

그냥 모른 척했으면 좋았잖아.

그 정도 가지고 난 의리 없다고 생각하지 않아.

바보 같은 짓이라고!

그 순간 루제플의 솥뚜껑만한 주먹이 보비의 머리 위로 떨어져 내렸다.

부우웅!

입에서 절로 비명이 터져 나온다.

"안 돼!"

절규에 가까운 그 소리.

사방에 메아리쳤다. 그리고 그 순간 감각이 극대화되더니 시간이 느리게 흘러가는 듯했다.

보비의 머리를 내려치려는 루제플의 손이, 마치 슬로우 모션처럼 느리다.

동시에

깨달았다.

누군가를 지키고자 하는 강력한 마음 덕분에.

깨달은 것이다.

그게 발동의 조건이었다.

기억했다.

되살려 냈다.

결여가 있었던.

누락이 있었던.

탈락이 있었던.

이 세계에 오기 바로 전 순간의 기억을.

머리 위에 한 여인이 떠올랐다.
그래서 마음속으로 외쳤다.
나는 널 대신해 네 여동생을 위해 봉사하기로 했다.
그리고 그 대가로 힘을 얻었다.
이 험한 세상에서 살아남을 힘을.
네가 사랑하는 여동생에게 조력할 수 있는 힘을.
그러하니, 지금의 부합하고 합당한 조건에 따라 발현하라.
이 지하세계에 어울리지 않는 빛과 광선의 권능이여.

바페.
내게 힘을 준 여인의 이름이었다.
다른 세계로 유폐된, 실각한 황녀. 그리고 지금 이 세계에서 권좌를 놓고 싸우는 황녀의 언니.
내가 연못의 수면에서 봤던 그 아름다운 외국인.

모든 기억이 돌아왔다.
그래서 명했다.
바페가 준 권능은 어떻게 다루는지 배우지 않았지만, 연상은 간단했다. 게임 속에서 늘 봤던 오토 경의 필살기를 따라 하면 되니까. 그래서 오토 경의 고풍스러운 공격 대사를 외쳤다.

"멸하라!"

지이잉!

아름다운 섬광이 공기를 가르고 쏘아졌고, 보비의 머리로 떨어지던 거대한 팔이 허공으로 날아올랐다.

루제플의 어깨는 강한 힘을 전달하고 있었으나, 그 모든 운동에너지의 정점에 위치해야 할 주먹은 허공에 떠 있었다.

피도 튀지 않았다.

놀랍도록 깔끔한 절단이었다.

당사자인 루제플은 갑자기 팔이 사라지자 어안이 벙벙한 표정이었다.

참 보기 좋다는 생각이 들었다. 적이 당황하는 모습을 보는 게 이다지도 통쾌한 일이었나.

다시 정상화된 시간 속에서 나는 고개를 숙이고 참을 수 없는 웃음을 터뜨리고 있었다.

"크크크큭…."

매우 음침한 웃음소리였지만, 이 유쾌함은 주체할 수 없는 것이었다.

"루제플이여, 루제플이여, 이제 그대 처지 애통해서 어쩐단 말인가."

비록 게임 속 캐릭터지만, 존경하는 오토 경이 내게 빙의한 듯한 말투가 입에서 흘러나왔다. 나쁠 것 없다.

이 힘으로 그의 용맹을 흉내낼 수 있다면!

제자리에서 일어났다.

좀비처럼, 좀비답게 말이다.

쓰러져도 다시 일어나는 것이야말로 불굴의 좀비 정신 아니겠는가.

육체의 상처는 어느덧 완벽히 회복되어 있었다.

"대, 대체 이게……."

루제플은 격통에 얼굴을 찡그리면서 아직 사태 파악이 안 되는 모양이었다.

"기억을 되찾았다."

"그게 무슨 소리냐?"

루제플은 전혀 모르겠다는 얼굴이었다. 삼류긴 해도 머리가 좋은 편인 그. 그러나 이런 생뚱맞은 대답에는 어쩔 도리가 없었다.

"내가 영혼 속박에 걸리지 않던 이유에 대한 해답이지."

내 주위로 빛이 어지럽게 산란했다.

이 찌르는 것 같은 빛의 힘.

이게 나의 권능이다.

타르나이의 유폐된 황녀 바페가 내게 부여해 준 능력이다. 하지만 아직 제대로 다룰 수 없었고, 주변에 번쩍이는 빛은 규칙을 잃고 어지럽게 보였다.

뭐 그래도 상관없겠지. 이 정도만으로도 충분히 강하다.

문제가 있다면, 발동 조건이 꽤 어렵고 권능을 오래 발현하지 못한다는 점 정도다. 특히 지금처럼 8등급 영혼석을 박은 육체로는 더욱 그렇다.

여유를 부리다가 일을 그르쳐서는 안 된다. 세상에 그보다 바보 같은 일은 없기에 서두르기로 했다.

"알고 싶지 않다! 크아압!"

고통 속에서도 루제플이 선수를 잡았다. 잡았다기보다 사실 내가 실험을 위해 양보했다. 일단 이 광휘를 뿌리는 능력을 파악하는 일도 중요한 부분이었다.

바페가 준 이 권능은 원할 때마다 발현해서 수련할 수 있는 성질의 힘이 아니었다.

지이이잉!

파괴 마법이 날아온다.

좋아, 가능할 것 같군.

번쩍.

순간 레이저처럼 가는 빛이 앞을 긁고 지나갔고, 루제플이 날린 회심의 마법은 두 조각으로 갈라졌다. 갈라진 마법은 내 양쪽으로 흩어져 요란한 폭발을 일으켰다.

콰앙! 쾅!

꽤나 힘을 낸 모양인지 양쪽으로 후끈함이 밀려들었다. 캠프파이어에 섣불리 너무 가까이 다가갔을 때보다 10배는 뜨거웠다.

이 정도면 됐다.

더는 여유를 부릴 생각이 없었다.

옆에 쓰러져 있는 보비를 보니 절로 이가 갈린다. 물론 좀비인지라 하반신이 떨어졌다고 바로 죽진 않겠지만, 제때 조치를 취하지 못하면 위험하다.

나는 이 빛을 정확히 다룰 줄은 몰랐지만, 대강 감은 잡고 있었다. 본능과도 같은 것이다.

곧장 오른쪽에 뭉친 채 떠 있던 빛의 구를 움켜쥐자 오른손이 마법이라도 부여된 것처럼 번쩍였다.

"잘 가라. 루제플."

"아, 아니 잠깐!"

공격이 맥없이 실패하자, 어떻게든 협상의 여지를 남겨 보려는 듯 루제플이 황급히 손을 저었다. 나는 대답 대신 빛을 머금은 오른손으로 장을 날리듯 손바닥을 펴 내밀었다.

그러자 산탄처럼 작은 빛 수십 가닥이 나아가 루제플의 몸을 관통했다.

"커허억!"

클레이모어에 당한 것처럼 걸레짝이 된 루제플을 보며 조금 아쉬움을 느꼈다. 이 작게 산란하는 빛무리가 폭발까지 일으키면 더 좋을 것 같다는 생각이 들었다.

아직은 무리인가.

쿵!

루제플이 허물어지듯 앞으로 쓰러졌다. 아직 숨이 붙어 있는 그에게 다가가 머리를 밟고는 몸을 숙였다.

"이 거지같은 실험실의 남은 살림은 내가 처분하도록 하지."

바닥으로 그의 피가 흥건하게 퍼져 갔다.

"미, 믿을 수 없다. 어떻게 이런…."

"그 심경 동감해. 나도 믿기 어렵거든."

하지만 기억은 복구되었다. 다리에서 떨어졌던 그때 내가 왜 죽지 않을 수 있었는지, 그리고 이 세계에서 새로운 인생을 시작하는 대가로 어떤 의무를 받았는지, 모든 걸 기억해 냈다.

이제 노예도, 압제받는 생활도 안녕이다.

부지런히 움직여야 한다.

힘이 있다면 이 지하세계의 생활은 즐거울지도 모른다.

그리고 궁극적으로는 지구로 돌아갈 가능성도 있었다.

"의무를 다하기 위해, 그리고 내가 지구로 돌아가기 위해… 결국 그녀의 곁으로 가야겠군."

내 혼잣말에 루제플은 이해할 수 없다는 듯한 표정을 짓다가 곧 남은 힘을 쥐어짜 매달려 왔다.

"이봐, 제발… 목숨만은 살려 줘. 아직 못다 이룬 연구가 남아 있다고. 필생의 부탁이야!"

변신 후 꽤 거물같이 굴더니 다시 경망스러운 모습이다.

그래도 십 년의 세월 동안 이 녀석 덕분에 몬스터합성강화학을 배웠다. 그 과정에서 수많은 학대가 있었지만 이제 더 그를 괴롭히고 싶지 않았다.

"자비를 베풀겠다. 루제플."

"저, 정말인가!"

반색하는 그 모습에 싱긋 웃었다. 그리고 빛으로 물든 손가락으로 루제플의 얼굴을 후벼 팠다.

"크아아아악!"

손가락이 얼굴을 파고들어가 뇌까지 헤집자 루제플은 발작을 해

댔다. 하지만 이내 추욱 늘어져 숨을 거두고 말았다.

끝났군.

끝났다, 내 노예 생활.

그리고 이제 진짜 시작이구나.

그대 가는 길에 평화가 함께하기를.

나의 가짜 주인.

루제플을 처치한 이후 바쁘게 움직였다.

일단은 문가에서 눈치를 보던 하인 좀비 넷을 윽박질러 나를 새로운 주인으로 인정하게 했다. 그들은 벌벌 떨며 그 무서운 루제플을 죽인 나를 신처럼 여겼다.

어차피 천상 노예인 그들이다.

일단 녀석들을 시켜 아크 팰리스…, 아니 이딴 호칭은 이제 그만두자.

실험실을 정리하도록 했다.

그리고 보비를 깨끗한 천 위에 눕혔다.

"고마워, 보비. 네 덕분에 살았어."

"아니에요."

보비는 조금 볼을 붉히고는 고개를 저었다.

몸은 근사한, 아니 하체가 떨어져서 지금은 좀 그렇지만. 아무튼,

완숙한 C컵 가슴의 미녀 형상을 하고 있는데 성격은 소녀 같았다. 허리 아래가 없는 그녀의 모습에 다시 분기가 피어올랐지만 이미 루제플은 죽었으니 참기로 했다.

일단 내 기술을 이용해 보비를 복원하기로 마음먹었다.

그 정도는 어려운 일도 아니다.

십 년이 넘는 세월의 공부는 결코 얕지 않았다.

"일단 좀 쉬고 있어. 오늘 안에 고쳐 줄게."

"고마워요, 관리자 님."

"됐어, 그 관리자란 호칭은. 이제 루제플 녀석도 죽었고 우린 해방이야."

"아……. 그러고 보니 몸에 걸렸던 노예 마법도 이제 없어진 것 같아요."

"잘됐군."

부드럽게 보비의 머리를 쓰다듬어줬다.

원래 좀 그녀를 괴롭히는 편이었지만, 지금만큼은 상냥하게 행동했다.

내 목숨의 은인이다, 그녀는.

뿐만 아니라 보비가 끼어들지 않았으면 권능을 각성할 수 없었을 것이다. 내가 가진 권능은 무언가를 지키고자 하는 강력한 욕구를 매개로 발동한다.

혼자 죽어갔다면 끝까지 알지 못했을 터이다.

보비의 용기 있는 희생 덕에 잠시나마 빛의 힘을 각성할 수 있었다. 뭔가 옛날 소년 만화에서나 보던 조건 같은데, 그건 황녀 바페가 수호자였기 때문이다.

자세한 건 나중에 곱씹어 보기로 하고 부지런히 움직였다. 머리를 쓰다듬는 손길을 멈추자 보비의 얼굴에서 아쉬움이 피어났다.

"아……."

"좋았어? 나중에 더 쓰다듬어 줄게. 물론 가슴도 포함해서 말이야."

보비는 그럼 그렇지란 눈길로 이쪽을 노려봤다. 어쩐지 그 눈빛이 보비답다고 생각했다.

그래도 싫다고는 안 하네. 충직한 녀석.

"저, 그런데…."

"응?"

"이제부터 관리자님을 뭐라고 불러야 하지요?"

"흠, 그것도 애매하군."

생각해 봐도 잘 모르겠다. 그런데 그때 보비가 주저하며 입을 열었다. 무척이나 부끄러운 모양인 듯 쭈뼛거리며.

"호, 혹시… 괜찮으시다면 주, 주인님이라고 해도 될까요?"

갑작스러운 제안에 조금 놀랐으나 곧 음흉한 미소를 지었다. 어쩐지 주인님이라고 하면 밤에 그녀를 괴롭힐 때 좀 더 실감날 것 같았다.

보비는 그 기색을 민감하게 눈치채고는 손을 휘저었다.

"히익! 취, 취소요! 주인님은 취소예요! 뭔가 위험한 냄새가 나요!"

"취소는 무슨 취소. 좋아, 정했다. 앞으로 주인님이라고 하도록."

억지로 강요하자 결국 그녀는 어쩔 수 없다는 듯 부끄러워하며 고개를 끄덕였다.

"좋아, 주인님이 된 기념으로 그 뭔가 가슴이 뜨거워지는 호칭을 들어볼까?"

"…정말 타고난 변태시네요. 주인님이란 단어에 가슴이 뜨거워진다니. 정말 뭘 기대하시는 거예요. 곤란해요, 저는."

"어허! 어서 부르지 못하겠느냐."

결국 주저하며 보비는 자신의 섹시한 입술을 소녀처럼 작게 오물거리며 말했다.

"주인님……."

오오오오오옷!

뭐지.

왜 이렇게 가슴이 뜨거운 걸까?

내 안에서 새로운 정체성이 깨어나는 걸 느꼈다.

각성한 건 빛의 힘만이 아니었던 모양이다.

후후후후후.

후후후.

보비여, 그대는 괴물을 깨웠다.

조금 웃어대다가 그녀의 볼을 살짝 꼬집어 주고는 자리에서 일어났다. 온통 난장판이 된 주변을 정리하고 보비를 복원할 준비를 해야 한다.

"어디서부터 시작해야 되나…. 이거 원, 전쟁터도 아니고."

사실 루제플이 부순 부분은 내가 부순 정도에 비하면 약과였다.

빛의 힘을 뿌린 연구실 1층은 거의 반파 수준이었다. 다행이 기둥들에는 이상이 없어 폭삭 무너지는 것만은 피했다.

이후 보비의 복원을 위한 준비를 끝내고, 하인 좀비 넷을 불렀다. 다름이 아니라 심문을 위해서였다.

이 녀석들이 밀고하는 바람에 루제플이 내 꼬리를 잡았으리라는 짐작 때문이었다.

"빨리 부는 게 너희들에게 유리할 것이다."

그들을 윽박질러서 자백을 받아 냈다.

역시 그랬군.

내가 무슨 스파이나 닌자도 아니고, 최대한 조심했어도 한계가 있었던 모양이다. 이 좀비 녀석들은 보잘것없는 상을 받고 싶어 내가 조금만 수상한 거동을 해도 그때마다 루제플에게 달려가 보고했다고 한다.

괘씸한 놈들.

같은 좀비끼리 말이지.

"그랬단 말이지…."

좀비 넷은 몸을 부들부들 떨었다.

어떻게 할까 고민할 필요도 없었다.

용도는 정해져 있었다.

갈아 버리면 그만이다.

어차피 보비를 복원하기 위해서 이들의 헌신적인 협조… 아니, 단어 그대로 헌신이 필요했고 말이다. 이후 분풀이도 겸해서 좀비 넷을 구타해서 늘씬하게 뻗게 만들었다.

찌르고 잘라도 일어나는 끈질긴 시체가 좀비다. 그런 녀석들이 미동도 못하게 만들어 놨으니, 어느 정도였는지 설명할 필요도 없다.

녀석들의 몸에 있는 뼈란 뼈는 다 분질러 놓았다.

내 가재발은 강력했기에 별로 큰 노고도 필요 없었고, 오히려 스트레스를 날릴 수 있었다.

의외로 타격감이 좋기도 했고.

이후 좀비 넷을 통째로 갈아 보비의 몸을 복원했다. 이틀이 걸릴 예정이었지만, 특별히 어려운 일은 아니었다.

보비가 배양액 속에서 몸이 복원되는 모습을 보면서 중요한 문제를 해결하기로 했다.

바로 루제플의 시체다.

죽은 그의 거대한 육체는 이미 내가 재빨리 각종 약물을 뿌려 두었다. 부패를 방지하기 위한 조치였는데, 나는 지난 십 년간의 공부와 연구 보조로 이런 부분도 빠삭했다.

우선 메스로 루제플의 몸을 갈라 그의 영혼석을 꺼냈다.

3등급 영혼석.

이것의 가치는 대단하다.

팔아도 한 재산이다. 다만 지금 내가 이 영혼석으로 옮겨가긴 무리였다. 후보로 적합한 루제플의 몸은 엉망진창이었기에 일부를 떼어서 활용하는 정도 외에는 쓸모가 없었다. 이렇듯 강화에 걸맞는 육체도 없거니와 이 영혼석은 사기邪氣가 짙고 오염된 듯했다.

내 영혼이 이 영혼석에 들어가면 루제플의 강한 사념에 피해를 입을 가능성도 높았다. 그의 영혼은 이 영혼석을 떠났지만, 그가 남긴 한과 부정적 감정이 잔류하고 있었다.

죽어서도 골치구먼, 이 양반.

한참 고민하다가 말고제 영감을 부르기로 했다.

지금 이 문제들은 혼자 해결하긴 무리였다. 그의 도움이 있어야 원만하게 수습할 수 있을 것 같았다. 게다가 그 역시 답례할 생각으로 충만했으니 말이다. 뭣보다 말고제 영감이 내 안부에 대해 궁금해하고 있을 게 뻔했다.

보비가 회복되고 있는 실험실의 문단속을 잘 하고는, 주인이 죽든 말든 언제나 평화로운 좀비 늑대, 똥개를 시켜 번을 세웠다.

왕왕!

개처럼 짖는 녀석이 썩 믿음직하지는 않았지만 없는 것보다는 백번 낫다. 뭣보다 루제플의 연구소는 누구도 찾지 않는 곳이기도 했고. 그래도 마음이 급해 바람과도 같이 달려 말고제 영감에게로 향했다.

루제플의 연구소에서 발견한 6등급 영혼석으로 영혼을 옮겨 탄 뒤, 내 합성 좀비 육체와 실험실에 남은 정체 모를 생물의 부위, 그리고 죽은 루제플의 육신을 조합하면 뭔가 그럴싸한 강화가 될 듯한 기분이 들었기 때문이다.

아무래도 이런 분야의 전문가인 그의 의견이 필요했다. 말고제 영감은 마법 물건에도 대가였지만 몬스터합성강화에도 탁월한 지식을 가지고 있다.

분명히 그라면 어떻게 해줄 것이다.

점점 발걸음이 빨라졌다.

"흐음……. 자네 이야기는 잘 이해했네."

말고제 영감은 연구실의 반파된 소파에 앉아 고개를 주억거렸다. 옆에는 어린 서큐버스 찌예가 주변이 신기한 듯 돌아보고 있었다.

아이는 이제 날 무서워하지 않았다. 내가 자신을 구해줬다는 사실과, 따르는 말고제 영감이 호의를 보인다는 점 때문에 마음을 많이 연 상태다.

찌예의 머리칼은 짙은 보라색이다. 그런데 빛이 비치는 부위는 확실히 보랏빛으로 반짝였지만 아래쪽은 그라데이션이 된 것처럼 검게 보였다. 마치 밤과 같지 않은가.

어쩐지 서큐버스다운 컬러란 생각이 들었다. 고혹적이고 매력적이며 우아했다. 어린데 벌써 이러면 커서 남자를 얼마나 잡으려는 걸까? 또한 찌예와 보라색 입술은 머리색과 매치가 근사했다.

그러나 찌예의 두 눈은 더욱 시선을 잡아끌었다. 머리가 전체적인 분위기를 잡아 준다면 아이의 눈은 대화하는 상대를 진공청소기처럼 빨아들이는 기분이었다.

크림슨 루비 아이라고 불리는 특별한 눈으로, 오직 서큐버스만이 가지고 있는 매혹의 눈이었다. 들은 게 있어 이 서큐 특유의 눈에 관해서는 나도 잘 알았다.

관능적이라고밖에 할 말이 없었다.

찌예를 상대로 욕망을 느낀 건 아니었지만, 찌예처럼 크림슨 루비 아이를 가진 성인 여성과 벌이는 하룻밤 정사를 잠깐이나마 상상하게 될 정도였다. 분명히 그녀는 요희이며, 요부일 테지.

위험해.

이 아이는 참 위험했다.

어떤 의미로는 3등급 몬스터보다 위협적이다.

"히힛! 저쪽으로 가 볼게요! 기다려! 제가 가요. 이 찌예가 말이에요!"

그래도 아이는 아이일 뿐이다.

내 등에 매달려 꺄르르 웃던 녀석은 재밌는 걸 발견했는지 어디론가 달려갔다.

저런 딸 하나 있었으면 좋겠군.

"내 최대한 도움을 주도록 하겠네. 우리 타르나이의 보은은 결코 가벼운 것이 아니야."

"감사합니다. 말고제 어르신."

그에게 유폐된 황녀, 바페에게 받은 빛의 힘은 언급하지 않았다. 우선 눈앞의 상대에 대해 아는 게 적다는 점이 주요했다.

물론 보은을 하겠다고 밝혔고, 나도 지금의 문제에 관해 도움을 부탁할 정도는 된다. 하나 그가 유폐된 황녀 바페의 적인지 아닌지 어떻게 알겠는가. 타르나이의 복잡한 이해, 정치 관계를 고려한다면 함부로 발설하지 않는 게 좋았다.

말고제 영감은 루제플의 상흔과 연구실에 남은 흔적을 보고 무슨 일이 있긴 하다고 여기는 모양이었다.

내가 얼버무린 걸 알아챘지만 일부러 묻지 않는 모양이었다. 원래 무협에서도 감춰 놓은 한 수를 추궁하는 일은 하지 않지 않는가.

그것과 비슷한 것이다.

"그러니 자네는 6등급 영혼석으로 옮겨 가고, 새로운 육신이 필요하다는 것이로구먼?"

"맞습니다."

나에게는 6등급 영혼석과 그에 상응하는 육체에 관해 강화, 합성할 수 있는 능력이 있다.

하지만 중이 제 머리 못 깎는 법.

당장 배양액 안에 들어가야 하는데 기계의 조작을 어떻게 하겠는가. 그래서 말고제 영감이 필요한 것이다.

또한 3등급 영혼석의 처리도 문의했다.

이 세계에 대해 공부는 했지만 실무적인 부분에선 여전히 약하다. 마법 시약과 재료에 대해서는 자주 루제플의 심부름을 다녀 빠삭했지만 나머지는 감이 잘 안 잡혔다.

값진 3등급 영혼석을 어디에 어떻게 팔아야 할지도 골치 아픈 문제다. 그래서 경험 많은 말고제 영감에게 총체적인 컨설팅을 의뢰한 것이다.

말고제 영감은 어떻게 하는 게 가장 좋을지 고심에 고심을 거듭하는 듯 보였다.

일단 그가 생각하도록 내버려 뒀다.

이후 말고제 영감은 주변 상황을 점검하고 남은 합성이나 강화 재료들도 꼼꼼히 살폈다. 그리고 마침내 결론을 내렸다.

"가능하네. 자네를 새로운 육체로 옮겨 주지."

"정말이십니까? 어르신."

"물론이네. 대신 그 3등급 영혼석은 내게 팔아 주게나."

얘기를 들어 보니 그는 내가 원하는 걸 해줄 수 있으나, 대신 자신이 가진 많은 재료를 소모해야 한다고 했다. 당장 찌예와 먹고 살아야 할 입장(게다가 그는 도피중인 인상을 풍겼다)에서 금전을 모두 써 버리면 낭패가 아닐 수 없다는 것이다. 그래서 3등급 영혼석을 자신이 처분해 나머지를 메꾸겠다는 제안을 해 왔다.

"알겠습니다. 어차피 제가 쓰지도 못하고, 판로도 모르는데 어르신께서 처리해 주신다면 저야 더 좋지요."

"그럼 맡겨 보게."

헛기침을 한 그는 이윽고 자신의 마법 지퍼를 꺼내더니 허공에 대고 잡아당겼다. 그리고 한참 마법 지퍼로 벌어진 공간 안을 뒤적이던 그는 호오! 하는 감탄을 터뜨렸다.

"여기 이런 게……."

"무엇인데 그러십니까? 어르신."

"아, 이건 자네와 직접 상관있는 건 아니네. 그러나 흐음…… 이것도 운이라면 운이겠구먼. 좋아. 내 서비스를 팍팍 하지."

무슨 이야긴지 모르겠다는 표정을 짓자 말고제 영감은 빙그레 웃었다.

"자네뿐 아니라 자네가 아끼는 좀비 부하 역시 좀 근사하게 바꿔 주겠네."

"보비를 말입니까?"

"그래, 기대해도 좋네."

말고제 영감은 보비에게 쓸 수 있는 무언가를 우연히 찾은 모양이었다. 그래서 하는 김에 나와 같이 처리해 버리려는 것이다.

결코 가벼운 일이 아닐 텐데, 역시 그가 성심껏 은혜를 갚으려 한다는 걸 알 수 있었다.

"자, 자네의 수하는 어떻게 처리할지 정했고, 이제 자네로구먼. 마침 내게 딱 적당한 게 있으이."

이윽고 말고제 영감은 어떤 주머니를 꺼냈다.

안에는 멜론만한 동그란 무언가가 들어 있는 것 같았다.

"이게 대체 뭡니까?"

"뭐로 보이는가?"

나는 알 수 없다는 듯 고개만 저었다. 말고제 영감은 끌끌 웃더니 안의 물건을 밖으로 내놓았다.

"어엇."

살짝 놀란 음성이 내 입에서 흘러나왔는데, 그도 그럴 것이 내용물은 강인해 보이는 심장이기 때문이었다.

어떤 생물의 것인지 모르나 인간의 심장보다 두 배는 컸다. 분명 강하고 날렵한 생물의 심장이 틀림없었다. 좌심실, 우심실에 이어진 혈관도 아주 굵직하여, 한 번에 많은 혈액을 내보내게 되어 있었다.

"이건?"

"라이칸스로프의 심장이네. 정확히는 웨어 블랙팬서. 즉, 흑표범 인간의 심장이지."

"오오…!"

나지막한 감탄사가 터져 나왔다.

"웨어 블랙팬서는 라이칸스로프 중에서도 희귀한 종류라네. 대단히 민첩하고 억센 힘을 가진 종이지. 비록 6등급 심장을 쓴다고 해도 같은 6등급 몬스터와 비교할 수 없네."

속한 등급 이상의 위력을 발휘한다.

말하자면 레어 클래스 같은 것이다.

레어 클래스라니……

처음으로 판타지 소설에서 봤던 이계 진입 주인공과 나 자신이 비슷하다고 생각했다.

그래, 이럴 때도 됐지.

그간 죽도록 고생했잖아. 솔직히 이계로 와서 벽돌 굼벵이로 강제 노역부터 하는 사람이 어디 있어?

"저를 웨어 블랙팬서로 만들어 주시는 게 가능합니까?"

"그러네. 쉽지는 않겠지만 말일세. 자네의 육체와 이 실험실에 남은 재료들, 그리고 죽은 루제플의 시신을 조합하면 충분히 근사한 몸을 탄생시킬 수 있을 게야."

"얼마나 걸릴까요?"

"적어도 한 달이네."

시일이 시일인 만큼, 말고제 영감과 나는 이 연구소가 이상 없음을 잘 위장하기로 했다.

가장 중요한 루제플의 경우는 말고제 영감이 변신 마법을 쓰니 간단하게 해결되었다.

"내가 앞으로 찌예와 정기적으로 쓰레기장을 뒤지는 시능을 하겠네."

찌예의 경우는 내 모습으로 변할 예정이었다.

아무래도 어느 날부터 갑자기 방문이 끊기면 의심이 따를 수도 있었다. 당장 아무 일이야 없겠지만 작은 소문이 돌 것이다. 그리고 거기에 관심을 갖는 자가 나타날지도 모른다.

"아, 그리고 아까 언뜻 들은 건데 말일세. 자네 여기를 떠날 건가?"

"네, 그렇습니다. 갈 곳이 있습니다."

나는 가야한다.

이 세계의 고귀한 황녀에게로.

그녀를 수호하는 게 내 의무고, 그녀만이 날 지구로 돌려보내줄 수 있기 때문이다.

"그럼 혹시 이 집을 넘길 생각이 없는가? 자네도 대강 눈치를 챘겠지만 나와 찌예는 도망치는 와중이네. 한데 이렇게 매드 사이언티스트의 거처에 자리를 잡고 그의 모습으로 위장하면, 따라오는 자들도 쉽게 찾아내지 못할 걸세. 아니, 아예 끝까지 추적하지 못할 수도 있지. 누가 이런 외곽의 쓰레기장에 사는 괴팍한 타르나이에게 신경 쓰겠는가."

"저야 상관없습니다."

"좋구먼. 그렇다면 답례로, 자네와 자네의 수하를 끝까지 강화해 주겠네."

끝까지 강화하면 +5강이다.

쉽지 않을 텐데, 육체를 바꿔 주고 강화까지 끝내 주겠다는 것이다.

그야말로 풀 서비스다.

이래가지고는 3등급 영혼석 하나 넘긴 것으로는 말고제 영감이 엄청나게 적자가 날 텐데 괜찮을지 걱정스러웠다.

그 점을 표명하자 그는 고개를 흔들었다.

"이 실험실에도 차분히 정리하면 돈이 되는 게 꽤 있네. 아무래도 의심을 살 테니 몬스터합성강화 장비는 못 내다 팔겠지만, 그 외에 언뜻 봐도 제법인 게 많아. 찌예와 내가 한동안 머물기는 무리가 없을 거야. 게다가 나도 나름대로 재주가 있어 이런 저런 물약이나 물건을 만들어 팔면 될 걸세."

"그렇다면 부탁드리겠습니다, 어르신."

"껄껄껄. 맡기게."

이후 말고제 영감은 다양한 준비를 시작했다. 그리고 나는 곧 그에 의해 마취와 비슷한 상태가 되었다. 말고제 영감은 조심스럽게 내 몸에서 영혼석을 빼내더니, 특수 용액이 든 유리관 속에 집어넣었다. 그리고 옆에 호박빛이 나는 6등급 영혼석을 설치하기 시작했다. 구경하던 찌예는 작은 키 탓에 뒤꿈치를 들어가며 용을 쓰고 있었다.

"특별히 어려운 건 없으니 그저 평온하게 있으면 되네."

말고제 영감은 익숙한 손놀림으로 영혼석에서 다른 영혼석으로 영과 혼을 옮기는 작업을 수행했다. 그런 그를 지켜보다 스르륵 눈이 감기며 의식을 잃었다. 그리고 다시 깨어났을 때 내 영과 혼은 호박빛 보석 안에 들어 있었다.

뭐야, 이 기분.

끝내주잖아.

오래 사용한 똥컴을 버리고, 새로 고스펙 PC를 장만해 처음 돌리는 기분이었다. 버겁기만 하던 최신 버전의 OS가 놀랄 만큼 부드럽게 돌아가는 느낌이랄까.

주위를 둘러보니 말고제 영감과 찌예는 없고, 내 충직한 수하이자 좀비제일미인 보비가 보였다.

"주인님?"

지금의 나는 몸도 없이 영혼석만 하나 달랑 있을 뿐이라 서로 대화를 나누지는 못했다. 다만 뭔가 내 영혼석이 들썩이는 걸 느낀 듯 그녀는 날 불러 왔다.

주인님이라고 부끄럽게 내뱉는 소리가 귀여워 뭐라고 좀 해주고 싶었다. 입이 없는 게 이렇게 답답할 줄이야!

그녀는 몸이 원복된 상태로, +2강 좀비 모습 그대로였다. 말고제 영감 말에 의하면 우선 내 몸의 조치를 끝날 때쯤에 보비의 일도 처리한다고 했다.

그건 그렇고 이 녀석, 그 때 이후로 왜 이리 예뻐 보이는 거지? 날위해 부지깽이로 루제플을 공격한 건 정말 의외였다. 보비와 나 사이가 원만하긴 했어도 그 정도의 위험을 감수할 줄이야.

그 일로 인해 보비에게 마음이 가는 걸 느꼈다.

지금이야 성욕이 없는 좀비기에 여성에게 큰 매력을 느끼지 않았지만, 웨어 블랙팬서가 되면 성적 욕망도 정상으로 돌아오겠지. 책에서 본 것이 맞는다면 라이칸스로프들은 하나같이 강렬한 욕정의 소유자들이라고 하던데.

스태미나도 굉장하고 말이야.

이 보비 녀석.

좀비를 벗어나면 제법 근사한 미녀가 될 듯하다.

그때는 이 몸이 필히 밤마다 예뻐해 줄 작정이다.

주인님이라고 부르게 하며….

밧줄과 채…….

아, 아니다. 대체 내가 무슨 망상을.

원래 정상적인 성욕의 소유자인 이 몸인데 보비를 보면 자꾸 숨겨 왔던 뭔가가 깨어나는 느낌이다.

좀 자제해야겠다.

"주인님. 뭔가 음탕한 기운이 느껴져요."

눈앞의 보비가 두려움에 떨고 있었다. 동시에 매우 불쾌하다는 표정을 지으며 한 걸음 멀어졌다.

"정말 주인님은 터무니없는 변태인 것 같아요. 영혼석에 들어가 있는데도 이런 느낌이라니. 눈빛만으로 절 성추행할 작정인가요?"

됐다.

그만하자.

애초에 눈 같은 것도 없잖아, 지금.

말고제 영감의 실력은 생각 이상이었다.

우선 기존의 내 육체를 베이스로, 루제플의 사체와 이 연구실에 보관되어 있는 쓸만한 신체 부위들을 조합했다. 거기에 라이칸스로 프인 웨어 블랙팬서의 심장을 안착시켜 육체를 배양하는 식이었다. 그러자 점점 그 몸은 말고제 영감이 의도한 대로 변해 갔다.

나는 유리관에 들어가 이 모든 과정을 옆에서 지켜볼 수 있었다. 그런데 한 가지 특이한 점은 모습을 갖춰 가는 육체가 기대와는 다른 것이란 점이었다.

나는 뭔가 근육질에 온 몸이 윤기 나는 검은 털로 뒤덮인 표범 머리의 사내를 생각했다.

그런데 완성되어 가는 육체는 멋진 근육의 호남아긴 했으나 그냥 인간이었다.

귀가 좀 뾰족하다는 점이 특이 사항일까?

좀 의아하게 생각하다가 곧 라이칸스로프의 특징을 떠올리고는 이해할 수 있었다.

라이칸스로프의 가장 큰 특징은 뭐니 뭐니 해도 변신이다. 저 인간형 폼은 변신 전의 상태인 것 같았다. 어쩐지 표범을 떠올리는 강인한 인상의 얼굴이 내 예상을 뒷받침해 줬다.

그건 그렇고 잘생긴 얼굴이구나.

마음에 든다.

뭐, 사실 저쪽 세계에서도 삶이 팍팍해 연애를 못했지만, 얼굴 자체는 나쁘지 않았다. 저런 쾌남아의 얼굴을 하고 있으면 여자들이 알아서 달라붙겠지.

그건 그렇고 앞으로 갈 길이 구만리다.

앞으로 황녀 전하의 곁에 찾아가 온갖 일을 해야 하니까.

고고하고.

수려하고.

찬란하며.

위대한.

그 황녀께서 날 보게 만드는 것도 보통 일이 아닐 것이다. 해서 앞으로 계획을 다듬으며 시간을 보냈다. 그러는 사이 마침내 웨어 블랙팬서의 몸이 완성되었다.

"드디어 끝났네. 준비하게."

말고제 영감은 그 말을 하고 내 유리관을 조심스럽게 옮겼다. 이제 육체에 영혼석을 유착시키는 중차대한 과정이 남았다.

하지만 말고제 영감이 지금껏 보여준 솜씨를 고려해 보면 작은 실수라도 있을 것 같지는 않았다. 그래서 마음을 편하게 먹었다.

말고제 영감은 곧 라이칸스로프의 두부頭部를 열고 내 영혼석을 집어넣었다. 좀비의 경우에는 심장에 영혼석이 들어갔는데, 라이칸스로프는 좀 다른 모양이었다.

곧 전에도 체험한 바 있는 기이한 감각에 사로잡혔다. 영혼석이 육체에 안착하는 이 느낌. 바닥으로 쭉── 꺼지면서 전신의 신경이 하나하나 연결되는 괴이한 감각이다.

재차 겪는 일이지만 아직도 적응이 안 되는 부분이었다. 그러나 다행히 그 과정은 길지 않았다.

이내 눈을 뜨고는 새로운 육체를 일으킬 수 있었다. 아직 좀 어색한 부분이 있었지만 원활하게 움직였다. 내 몸은 역시 내 몸이구먼.

"어떤가?"

옆에서 말고제 영감이 느긋한 표정으로 물어왔다.

"좋습니다. 아주 잘 된 것 같군요."

딱 보니 자신의 스킬에 자신이 있어서 그런지 여유만만해 보였다. 그리고 그 옆에는 긴장한 표정의 찌예와 보비가 있었다.

그런데.

흠?

보비 녀석, 왜 얼굴이 붉어져서는 안절부절을 못 하지?

뭐야? 나한테 뭐 잘못한 거라도 있나?

그럴 리가 없다.

보비는 충실한 부하였다.

눈을 가늘게 뜨고 관찰해 보니, 아까부터 보비의 시선이 자꾸 내 하반신을 향하고 있는 걸 알아챘다. 당연한 이야기지만 현재 실오라기 하나 걸치지 않은 채였다.

말고제 영감이야 같은 남자의 몸을 봐도 별 감각이 없었고, 찌예도 워낙 어려서 아무것도 의식하지 않고 있었다. 반면 성숙한 여성인 보비는 굉장히 신경 쓰이는 듯했다.

그럼 그냥 고개를 돌리면 되지, 왜 한 번씩 계속 쳐다보는데?

이 점에 대해 언젠가 아주 자세하게 추궁하기로 결심하고는 일단 말고제 영감이 준 간단한 옷을 입었다.

그제야 보비가 안정을 되찾았는데, 좀 아쉬워하는 기색을 보였다.

저 녀석…….

여러 가지로 수상하단 말이지.

이후 내가 몸 적응을 위해 노력하고 있을 때, 이번에는 보비가 시술을 받게 되었다.

"녀석이 옮겨 갈 육체가 뭔가요?"

"궁금한가?"

"그럼요."

보비의 경우는 새로 유착할 몸의 대부분을 말고제 영감이 부담하게 된다. 해서 보비가 무슨 모습이 될지 짐작하지 못했다.

다만 언데드의 처지를 벗어날 것이란 점은 들었다.

합성이나 강화를 한다면 본인의 바탕인 언데드의 굴레에 머물게 되지만, 아예 다른 육체로 갈아타면 종족 자체가 바뀌게 된다.

합성의 경우는 기존 몸에 전혀 다른 종족을 더하기 때문에 형질이 변하긴 하지만, 본바탕이 달라지는 일은 없다.

좀비에 천사를 더하면 날개 달린 언데드 좀비가 탄생하지, 좀비 상태가 정화되어 성스러움을 뿜어내는 천사가 되지 않는다. 비록 천사가 훨씬 등급이 높고 강할지라도 말이다.

이렇듯 몬스터 합성에서는 시술 받는 자의 상태가 기본이 된다. 그리고 합성을 할 시에 시술 받는 자보다 더 급이 높은 몬스터를 더하면 업그레이드가 되는 것이고, 더 급이 낮은 몬스터를 더하면 다운그레이드가 된다.

"그리 궁금하다니 내 말해 줌세. 자네의 수하가 들어갈 몸은 다크엘프라네."

"오!"

다크엘프라면 이 지하세계에서도 위험하고, 우아한 아름다움을 뽐내는 종족이 아닌가.

물론 그만큼 잔인하고 무서운 종족이기도 했다. 가학적이고 다른 개체들을 잡아 노예로 부리며 멸시한다. 이 지하세계의 패자인 타르나이에게만 어쩔 수 없이 경의와 존중을 표하는 그들이다.

매우 유능한 종족이라 타르나이의 세상 너머에 다크엘프들의 왕조가 여럿 있다고 한다. 타르나이의 영토 안에서 함께 자유민으로 살아가는 다크엘프도 꽤 되나, 다크엘프 왕국에 기거하는 자들은 더 많다.

비록 타르나이가이 지하세계의 중앙에서 패권을 잡고 있지만 그 주위에 다양한 종족들의 여러 왕조가 있었다. 지하세계는 끝도 없이 넓었고, 그 대단한 타르나이도 아주 일부만 차지하고 있을 뿐이었다.

특히 타르나이가 자리 잡은 이 가운데 '대공동'의 위로는 '얕은 공동'이 있고, 아래로 더 깊게 들어가면, '깊은 공동'이라 불리는 지역이 있다.

그곳에는 타르나이의 오랜 원수인 '헤르즐락 나낚'들과 언데드, 기타 위험한 종족들로 가득 차 있다고 한다.

그것뿐 아니라 타르나이조차 모르는 비밀스러운 '감춰진 공동'도 있단 소문도 도니, 이 세계에서 탐험이 끝난 부분은 실상 매우 적다.

"자네는 너무 신경 쓰지 말고, 새로운 몸에 적응하도록 노력하게. 별 불편함 없이 움직이는 것 같아도, 전투 같은 격한 상황이라면 또 달라. 화급한 순간 몸이 안 따라 줘서 죽는다면 얼마나 어이가 없는

가. 게다가 웨어 블랙팬서는 육체적 능력이 매우 높기 때문에, 좀비이던 시절에는 상상도 못할 행동이 가능할 걸세. 그런 부분 역시 자연스럽게 만드는 데는 시간이 필요할 거야."

웨어 블랙팬서인 상태로는 4층 건물 높이에서 뛰어내려 가볍게 착지하거나, 제자리에서 뛰어도 공중에서 서너 바퀴 회전하는 게 가능하다. 말고제 영감은 그런 부분에 대해 언급하고 있는 것이었다. 그리고 일반적인 인간형 폼에서 변신은 하루에 세 번 가능하다고 했다.

이 지하세계의 라이칸스로프들은 만월을 보고 변형하는 레퍼토리가 아닌 모양이었다. 아무래도 천장에 달이 없기도 했고 말이다.

"그러면 제 수하 녀석을 잘 부탁드리겠습니다."

"맡기게."

말고제 영감은 자신 있는 표정이었기에 크게 걱정이 되지 않았다. 그래서 그가 일하는 사이 아무도 없는 방으로 들어와서 변신 연습을 해보기로 했다.

나는 막 변신을 하려다가 갑자기 어릴 때 보던 전대물이 떠올랐다.

그래…, 참 멋있었지.

지구방위대.

나도 지구방위대가 되고 싶었다.

두리번두리번.

…어차피 이 방에는 아무도 없다.

그래서인지, 갑자기 어쩐지 어린 시절 꿈을 되찾아 보고 싶다는 생각이 들었다.

잠깐이라면 이룰 수 있어. 지구방위대가 되어 보는 거야. 실로 부끄러운 짓이겠지만, 그만큼 매력적인 선택지 아닌가.

가만 있자, 포즈는 어떤 게 좋을까?

이것저것 떠올리다가 하나 정했다.

간단한 포즈다.

오른손은 태권도 정권 찌르기를 하듯 주먹을 쥐고 허리춤에 둔다. 왼손은 손끝까지 똑바로 펴고 오른쪽 사선으로 올리면 된다. 그리고 적당한 구호와 함께 손끝을 왼쪽으로 힘차게 이동시킨다.

좋아.

간단해.

할 수 있어.

나도 해 보자.

변신이다.

변신이야말로 남자의 로망.

진짜 쪽팔리니까 딱 한 번만 하자.

나이를 잊은 행동이긴 하지만 평생 한 번만이라면 용서받을 수 있을 거야.

"후으읍!"

크게 한숨을 들이키고는 대사를 생각했다.

그런데 적당한 게 떠오르지 않아서 그냥 바로 변신하기로 했다.

마음을 다잡고 진심으로 외쳤다.

"벼어어어어언! 신이이이인!"

오로지 지구를 구하기 위해 변신했다. 지구방위대의 사명은 숭고하니까.

꽈지지지직! 꽈직!

등이 갈라지고 터져나가면서 고통 속에서 표범처럼 포효했다.

울부짖었다.

그렇게 순식간에 흑표범 인간인 웨어 블랙팬서로 변하였다.

하하하. 마지막 포즈조차 완벽했다.

왼쪽 손끝은 하늘을 찌를 듯했고, 오른손은 언제라도 철권을 내지를 수 있도록 꽉 쥐어 있었다. 그리고 두 손은 두꺼운 흑표범의 앞발이었다.

"크하하하하하!"

만족감이 퍼진다.

한없이 고양된다.

그렇게 호쾌한 웃음을 터뜨리고 있을 때 갑자기 작은 박수 소리가 들려왔다.

짝짝짝.

"크릉?"

깜짝! 놀라 표범의 낮은 그르렁거림이 흘러나왔다.

황급히 포즈를 풀고 쳐다보자 거기에는 환하게 웃으며 방방 뛰고 있는 찌예가 있었다.

"와아! 재밌다! 꺄르르르르!"

순간 온몸에 소름이 돋았다.

지금 들킨 거야? 이 짓거리를 하다 들킨 거야?

너무 키가 작아서 눈치채지 못했던 것 같다. 아마 방구석에서 뭔가 하다 나 하는 꼴을 본 모양이다.

식은땀을 흘리며 굳어 있을 때 찌예는 폴짝폴짝 뛰었다.

"벼엉신! 꺄르륵! 나도 벼어어어엉시이이인!"

병신이 아니야!

아까와 다른 의미로 눈물이 흐를 것 같다.

"벼어어엉~신! 꺄르르르륵! 벼어어어어엉씨이인!"

"그러니까 병신이 아니라고! 크흐흑."

오주윤 일생일대의 불찰.

……자결로 이 수치를 씻어야…….

그러다 퍼뜩 한 가지 생각이 떠올랐다.

아직 찌예는 어리다.

무척 어리다. 지구였으면 갓 초등학생이 된 나이다.

심각하게 생각할 것 없어.

이 꼴을 말고제 영감이나 보비가 봤다면 나는 주저 없이 접시물에 코를 박았겠지.

하지만 찌예다.

나는 아이를 구슬려 절대 입을 열지 않게 할 작정이었다.

필요하다면 협박도 상관없었다.

이 귀여운 애와 척을 지더라도, 죽도록 미움받더라도, 이 사실을 숨겨야만 한다. 루제플과 싸우며 겨우 얻은 존엄이다. 여기서 무너질 수 없어.

애써 떨리는 목소리를 감추고 입을 열었다.

"저기 찌예야? 잠깐 오빠 좀 볼래?"

"꺄르르륵! 네에? 무슨 일이세요? 오빠? 이 찌예 오르이네 그라 암바르에게 말이에욤!"

어째 풀네임으로 대답하는 게 좀 무서운데.

"저기."

"네! 병신 오빠!"

"…지금은 말실수지?"

"네에! 헤헤헤!"

"것보다 이리 와봐."

신이 난 찌예는 쪼르르 달려왔다. 일부러 한쪽 무릎을 꿇고 찌예와 눈높이를 맞췄다. 그리고 막 입을 열려는 순간 찌예의 표정이 180도로 변했다.

순진한 아이의 얼굴이 단번에 사라졌다.

그리고 믿을 수 없이 얍삽해 보이는 표정이 날 관찰하고 있었다.

"크크큭."

그리고 웃음 소리가 왜 이래? 원래 꺄륵! 하고 웃는 아인데. 음침하게 크크큭이라니.

뭐야?

눈앞에 이 녀석은 누구지.

분명히 귀여운 얼굴은 그대로지만 인상이 너무 다르잖아.

씨익――

찌예의 한쪽 입 꼬리가 올라갔다.

그리고 아이, 아니 그녀가 속삭이듯 말했다.

"크큭. 어리석은 인간. 수치로 자결하는 대신 이 고귀한 매혹의 요희인 본녀를 위해 봉사하게 해 주마. 크크큭!"

순간 머리가 하얗게 변했다.

"크크큭! 그나저나 그 나이에 잘도 하는군. 변신이라니…. 오호호호홋!"

찌예는 귀여운 턱선을 자신의 작은 손등으로 받치고는 유쾌하게 웃음을 터뜨렸다.

당혹감을 감출 수 없다.

침착하자.

침착해야 돌파구도 나타난다. 일단 찌예를 관찰하자.

그러는 와중에도 찌예는 신나게 떠들어댔다.

"크큭! 비천한 네놈이 본녀를 위해 봉사하면 다시없는 영광일 터! 그러니 짐의 대명에 응소하도록 하라."

어? 좀 이상한데?

처음에 워낙 당혹해서 파악하지 못했는데, 찌예의 말이 국어책을 읽는 것처럼 딱딱하다는 점을 깨달을 수 있었다.

이건 뭔가 꾸며진 것 같았다.

찌예의 진짜 성격이 드러난 것이라기보다 그냥 아이가 역할 연기를 하며 노는 느낌이었다.

이 맹랑한 놈이.

"이 녀석!"

곧장 찌예의 정수리를 쥐어박았다.

"감히! 본녀의 존체에…."

콩콩!

"무험한지고!"

콩콩콩!

"꺄! 아파요! 아파! 흐에엥~."

항복이 빠른 녀석이었군. 이내 자칭 '매혹의 요희'의 표정이 풀어졌다. 곧 천진난만한 찌예로 돌아온 녀석은 아픈지 눈물을 글썽거렸다. 그러다가 흠칫해서는 애써 다시 분위기를 잡으며 대사를 치려고 했다.

"크크큭! 과연 본녀의 종이 될 자격이 있을 정도로 거칠군. 본녀는 그런 야성이 싫지는 않다. 이 무례는 내 특별히 용서를….'

콩!

콩콩!

콩콩콩!

연타로 꿀밤을 먹였다.

"흐에에에에엥!"

급기야 찌예는 서럽게 울음을 터뜨렸다.

"흐에엑! 꾸어어어어엉!"

아무래도 내 손이 지금 엄청 커진 상태라 아프긴 아플 거다.

이참에 조금 엄하게 충고했다.

"너… 자꾸 이상한 말투 쓰면 할아버지한테 말할 거야."

"흐에엥~. 안 그럴게요. 찌예는 다시 안 그럴게요."

이제야 상황이 정리되었다.

휴우.

잠깐이지만 진짜 간 떨어질 뻔했잖아. 이중인격이나 겉은 어린데 사실은 할머니란 패턴인 줄 알았다.

이후 대강 아이를 달래고 상황을 정리했다.

"자 그럼 나가자. 슬슬 밥 먹을 시간이야."

"네에에."

입이 삐죽 나온 찌예는 마지못해 대답했다. 그러다 그녀는 작게 혼잣말을 흘렸다.

"크큭! 반항이 심한 먹이야말로 먹어 치우는 보람이 있는 법이지. 조만간 노예로 삼아 주마. 무저갱의 공포에 떨며 짐을 영접할 준비를 하고 있거라. 크크큭!"

다 들린다.

또 쥐어박으려다 그냥 참았다.

대체 저런 대사는 무슨 책에서 보고 온 걸까.

아아. 피곤이 밀려온다.

오늘은 이만 쉬기로 했다.

다시 한 번 변신을 하면 사람이 아니다.

사람이 아니야.

아, 그러고 보니 지금도 사람이 아니긴 하네.

그 뒤로 평화로운 일상이 펼쳐졌다.

이게 앞으로 더 큰 고난을 겪기 전의, 짧은 봄날처럼 달콤한 휴식이란 걸 알고 있었다.

그래서 충분히 즐기기로 했다.

물론 웨어 블랙팬서의 몸에 적응하기 위한 훈련 역시 빼먹지 않았다. 그러는 사이 보비의 육체 역시 거의 완성되고 있었다.

해서 나는 요즘 때때로 다크엘프인 그녀의 새 육체를 구경하러 갔다.

다크엘프의 몸은 마치 하나의 예술작품 같았다. 명불허전인 보비의 C컵 젖가슴이야 둘째치더라도, 탄탄한 허벅지와 내천 자가 아로새겨진 탄력 있는 복부는 무척 보기 좋았다.

그녀의 새로운 몸은 좀비였던 시절과 달리 생명력과 활기가 넘치고 있었다. 그러나 이 육체는 아직 껍질에 불과하다. 화룡점정을 위해선 지금 영혼석에 있는 보비를 유착시켜야 한다.

현재 보비의 영혼석은 7등급.

말고제 영감이 제공한 물건이다.

나는 보비와 대화할 수 없었지만, 일부러 혼자 말을 걸며 영혼석 상태인 그녀의 곁에 있어 줬다. 전에 새로운 육체를 기다리며 영혼석 상태로 있을 때 꽤나 지루했던 기억이 났기 때문이다. 실제로 그때 보비가 말없이 옆에 붙어 있어 주던 게 상당한 힘이 됐다.

뭔가 답례를 하고 싶었다.

해서 이런 저런 얘기를 하다가, 때때로 의자를 가져와 보비에게 소설을 읽어 주기도 했다. 유진 라머트란 검객이 황제가 되는 〈황금 십자가〉란 소설이었다. 다행히 보비는 이 이야기를 좋아하는 것 같았다.

그리고 며칠 후, 마침내 보비의 영혼석은 새로운 육체에 안착했다.

나는 그게 참 기뻤다.

언데드의 저주받은 삶에서도 인간성을 되찾아 가던 그녀.

이제 그녀는 언데드에서 벗어나 새로운 인생을 찾았다.

진심으로 축….

맙소사.

코피가 날 것 같아 황급히 고개를 돌리고 보비에게 미리 준비한 옷가지를 던져 주었다.

진짜 장난 아니네.

그녀의 나신은 실험관 안에 있을 때부터 봤지만 그건 마치 조각상처럼 보였다. 해서 크게 자극을 받지 않았다. 하지만 보비의 영혼이 깃들어 움직이는 그 육체는 심장이 떨릴 정도로 매혹적이었다.

말고제 영감이야 그럼에도 별 느낌 없는 모양이다. 찌예는 좀 다른 의미로 눈을 번뜩이고 있었다.

"크크큭! 제법이긴 하지만 본녀가 계획대로 성장하면 네놈은 양민의 몸매에 불과할 것이다. 그때까지 실컷 자기만족에 빠져 있거라. 우물 안 개구리, 겸손한 가슴이여."

C컵이 겸손하다고 생각하냐.

너는 대체 얼마나 커질 작정인 거야.

곧장 한 대 쥐어박았다.

콩!

"아야! 무례한 놈. 감히 어느 안전이라고 이런 패악을…."

"너 말이야."

"히익! 아니에요, 오빠. 찌예가 헛소리를 했네요. 헤헤."

옆에서 말고제 영감이 피식 웃는 걸 보니 이미 오래 전부터 찌예의 상태를 알았던 모양이다.

"모두 나가 주죠. 이 녀석이 부끄러워하고 있으니."

내 제안에 다들 자리에서 일어났다.

보비가 아무리 부하라도 지금 그녀는 어엿한 숙녀다.

솔직히 이대로라면 예전처럼 추행은 꿈도 못 꾸겠다.

나 역시 좀비에서 웨어 블랙팬서로 몸을 바꾸면서 잃었던 성욕을 되찾았다. 하지만 이제부터는 그녀에게 예의를 지켜야겠다는 생각이 들었다. 아까부터 하반신의 물건이 꿈틀거리고 있어 보비에게 시선을 안 주려 얼마나 노력했는지 모른다. 그래도 방을 나서기 전에 보비를 향해 돌아보며 웃었다.

"축하해."

진심이 담긴 말에 어두운 하늘색 피부를 가진 보비는 햇살을 품은 듯 방긋 웃었다.

"고마워요, 주인님."

귀여웠다.

두 볼에 사랑스러운 홍조를 품고도 용기를 내는 모습이 말이다. 아무래도 나는 지금 이 장면을 잊지 않고 오래 기억하게 될 것 같았다.

보비의 모습은, 추억으로 예쁘게 포장돼도 좋을 만큼 아름다웠으니까.

이후의 일은 일사천리로 진행되었다.

말고제 영감은 연구실을 인수하는 대가로 보비와 날 +5강까지 만들어 줬다.

본래 강화를 하려면 현재 육체와 같은 종의 육체가 필요하다. 예전에 보비가 같은 좀비였던 '포권'과 '벙어리'의 희생으로 +2강이 된 것처럼 말이다. 이 방법이 강화를 위해 처음 개발된 정석이긴 하나 문제 역시 많았다. 매번 갈아 넣을 육체를 어디 구하기 쉽겠는가.

비록 6등급 영혼석 이하를 가진 존재들의 강화에는 실패확률이 없긴 하나(나는 6등급, 보비는 7등급이다), 그래도 보비와 내가 합쳐 10구의 희생량이 필요하니 문제라고 할 수 있었다.

해서 몬스터 강화에는 가격이 나가긴 하지만 좀 더 편한 방법이 개발되었다.

그건 바로 '강화 크리스털'을 이용하는 것이었다. 빠르고 효과적인 일처리가 가능하게 해준 획기적인 제품으로, 강화에 필요한 에너지를 품고 있다.

간편한 대신 가격이 센 게 문제인데, 그래도 9~6등급을 강화하는 일반 강화 크리스털은 감당할 만하다고 말고제 영감은 말했다.

참고로 중급 강화 크리스털은 5~4등급을, 고급 강화 크리스털은 3~1등급을 강화해 준다. 1등급을 넘는 등급 외의 존재를 강화해 주는 최고급 강화 크리스털도 있다는 얘기도 있지만 그간 타르나이 중에서도 지배자 계급을 위한 것일 터이다.

타르나이라고 해도 황족이나 대제후가 아니면 어차피 등급 외란 것과 영 인연이 없다.

나 같은 경우에는 아예 신경도 쓰고 있지 않고.

"주인님! 너무 멋있어요."

옆에서 날 보며 보비가 감탄사를 터뜨렸는데, 그건 진짜 괜한 게 아니었다. +5강을 끝낸 나는 웨어 블랙팬서의 모습으로 변했는데 일전과 크게 달라져 있었다.

일단 변신 후의 체고는 무려 2. 4미터나 될 정도로 압도적으로 변했다. 또한 언제든지 앞발에서 빼낼 수 있는 발톱은 하나하나가 길고 날카로웠다. 이걸로 긁으면 어떤 상대든 치명상을 입을 듯한지라 매우 만족스러웠다. 더 좋은 건 평소에 발톱을 숨길 수 있다는 사실.

"라이칸스로프는 보통 자신의 신체로 싸우네. 그게 어쭙잖게 무기를 드는 것보다 강하고 자연스럽지."

"그렇군요."

말고제 영감의 조언을 받아들여서 기술도 없는데 무리하게 무기를 들지 않기로 했다. 다만 인간형 폼일 때 쓸 건 마련해야 한다.

대장간에서 적당한 걸 구할 수 있으리라.

"눈동자가 멋있어요! 주인님!"

보비가 괜히 열광하는 게 아니었다. 내 눈은 지금 신비로운 금안으로 변해 있었다. 비단결처럼 고운 칠흑색 외피에 금색 눈은 무척잘 어울렸다.

물론 단순히 보기 좋아진 정도가 아니다.

이 금안과 함께 지하세계의 어둠과 관계없이 완벽한 시야를 얻었다. 그리고 5. 0은 될놀라운 시력 역시 함께.

또한 전체적인 근육 역시 폭발적으로 는 상태였다.

"지금 자네는 솔직히 3등급 영혼석을 가진 자와 겨룰 수도 있겠구먼."

말고제 영감의 감상은 사실이었다.

웨어 블랙팬서라는 레어 클래스와 +5 풀강화로 인해서, 3등급 +0강의 상대라면 대등하게 겨룰 수 있는 수준이 되었다. 나 자신이 6등급 영혼석을 갖고 있는 걸 생각해 볼 때 실로 놀라운 일이었다.

거기에 강화의 효과는 단순 신체적 향상만이 아니었다.

다음의 효과 역시 보비와 내게 생겨났다.

⋯▶ 1강 : 수면, 홀드에 저항.

⋯▶ 2강 : 독에 저항 / 오염된 음식과 식수 섭취 가능.

⋯▶ 3강 : 정신 마법에 저항.

⋯▶ 4강 : 일반 물리력 저항 / 저주 마법에 저항.

⋯▶ 5강 : 원소 마법 저항력 / 꼭두각시 마법에 저항.

험한 지하세계에서 생존할 발판이 마련된 것이다.

그리고 보비는 외형적으로 많은 변화가 있었다.

"보비, 더 예뻐졌구나."

"몰라요, 주인님."

다크엘프인 그녀 역시 강화 크리스털을 다섯 개 사용해 +5강, 즉

풀강을 해냈다. 그 덕에 신체에 상당한 변화가 왔다.

가장 눈에 띠는 건 믿을 수 없는 균형감각과 점프력이다. 원래 엘프가 그 분야에서 대단하긴 했지만 지금 보비를 보면 사기라는 말밖에 나오지 않았다.

그냥 제자리에서 폴짝 뛰어 연구실의 3층 건물에 올라갈 정도다. 게다가 밸런스 역시 경이적이라 보기만 해도 입이 벌어질 아크로바틱한 움직임을 보이는 것이었다.

또한 근력 역시 야리야리한 다크엘프 여성이라고 믿을 수 없을 정도로 강력했다. 그녀와 힘 싸움을 해 봤는데, 전에 싸워 봤던 박쥐 오크 이상이란 사실에 입을 다물지 못했다.

게다가 상향된 건 신체 능력만이 아니었다.

보비가 날 보고 계속 감탄했듯, 나 역시 변한 그녀의 외형에 시선이 떨어지지 않았다.

키는 더욱 커져, 174센티미터에 이른 그녀는 아주 늘씬한 서구 모델처럼 보였다. 아니, 모델 중에서도 저런 몸은 찾기 쉽지 않을 것이다. 다리가 굉장히 길고, 엉덩이와 가슴의 굴곡 역시 아주 착실하다.

또한 어두운 하늘색이던 피부는 좀 더 밝고 화사한 하늘빛으로 변했다. 마치 달빛을 발라 놓은 듯 은은하고 신비로운 색이다. 그리고 그녀의 은빛 머리칼 역시 진주 가루를 뿌린 듯 반짝이는 것이었다.

보비는 정말 신비로웠다.

정말 요정이란 말이 딱 맞는 외향이었다.

하긴 좀비인 상황에서도 예쁘단 생각이 들 정도였으니, 다크엘프가 돼서는 말할 것도 없다. 아무래도 안전을 위해 마스크라도 착용하게 하는 편이 좋지 않을까 싶다. 앞으로 여행용 장비도 사야하니 겸사겸사 오후에는 말르씨 셀의 시내로 다녀와야겠구먼.

해서 머릿속으로 여행을 위한 기재들을 정리해 나갔다.

헐렁한 옷으로 온몸을 가린 보비를 대동하고 말르씨 셀의 상점가로 향했다. 전신을 의복으로 감싼 보비의 모습은 상당히 수상쩍어 보였으나, 그건 지구에서 온 내 감각에나 해당하는 소리였다.

이 지하세계의 기준으로 보면 저 정도는 평범한 시민이지 결코 거동수상자가 아니다. 언데드들도 걸어 다니는 곳인데 천으로 좀 가렸다고 거수자라고 하는 일은 없었다. 전체적으로 이 지하세계 녀석들은 비주얼이 험악하기도 했고.

대공동 지역도 이런데 범죄자나 추방자로 가득 찬 얕은 공동은 대체 어떨지. 거기에는 지상에서 요동치는 방사능으로 인한 돌연변이까지 많다고 한다.

오늘 이 녀석은 짐꾼 역할도 해줘야 한다. 다크엘프에 +5강을 한 탓에 보비의 완력은 대단하다. 물론 본격 힘쓰는 클래스인 나에 비하면 부족하지만 근육만 믿고 껄렁거리는 잡배를 3분 카레마냥 요리해 버릴 정도였다.

"보비."

어쩐지 그녀와 나란히 걷는 게 즐거웠다.

보비는 대단한 미녀인데다가 충성심 또한 높다.

당연히 좋을 수밖에.

"네, 주인님."

예쁘게도 대답하네.

"손잡아도 돼?"

"안 돼요."

"왜?"

"임신해 버려요."

"손만 잡는다니까…."

"흥! 옛날부터 수많은 여자들이 그 수법에 넘어갔죠. 저에게는 어림없답니다."

"여긴 거리잖아…. 대체 너는 날 어떻게 생각하고 있는 거냐."

보비는 딴청을 부리고 대답하지 않았다.

이거 원……. 충성심은 높은데 신뢰도는 제로구나. 아니 이 정도면 마이너스일지도. 함께 여행할 상대인데 우선 믿음과 사랑을 회복하는 게 우선인 듯했다.

그래도 반쯤 장난이란 걸 알기에 크게 신경 쓰지 않았다. 아니, 반쯤 장난이면 나머지 반은 진담이란 건가?

"어서 오십시오!"

대장간에 가자 경쾌한 목소리로 도제 한 녀석이 나와 우리를 맞이했다. 무기와 방어구를 고르러 왔다고 말하고는 안으로 들어갔다.

참고로 방어구의 경우에는 보비만 사기로 했다.

내 경우에는 현재 키가 190센티미터 정도인데 웨어 블랙팬서로 변하면 50센티미터가 자란다. 근육량은 무서울 정도로 늘어나고.

그러니 방어구를 입었다가는 다 터져서 못 쓰게 될 터다. 심지어 의복도 안 걸쳤다. 옷도 망가질 것이니 입을 이유가 없다. 지금 육체에 활력이 넘쳐 추위도 거의 타지 않았고.

게다가 더 좋은 건 웨어 블랙팬서로 변하고 나면 몸을 뒤덮는 윤기 있는 털가죽이 상당한 방어력을 갖고 있다는 점이다. 철판갑옷에는 못 미치지만 어지간한 가죽갑옷은 비교도 안 된다. 그런 까닭에 갑주를 착용할 이유가 없었다.

현재는 약간 본디지한 느낌으로 근육질의 상체 위에 가죽 벨트만 몇 개 두른 상태였다.

어쩐지 좀 딥 다크 판타지가 떠오른다.

"먼저 무기부터 고르겠소이다."

이미 생각해 둔 게 있다. 이 세계는 근세 유럽과 상당히 비슷한 느낌이다. 심지어 플린트락이나 휠락 방식의 총까지 있었다.

우선 나는 적당한 벨트 피스톨을 두 정 샀다. 중간 체급 정도 되는 권총으로, 당연히 단발식 옛날 총이다. 캐리비언 어쩌고 하는 해적 영화에 나왔던 걸 생각하면 이해가 빠르겠다.

그리고 웨어 블랙팬서가 아닐 때 쓸 무기는 그로스메서Grosse Messer로 정했다. 이건 이미 여기 올 때부터 고려했던 품목이었다.

그로스메서는 정글도와 비슷하게 생겼는데, 농부의 공구에서 유래한 무기다. 농부가 가지도 치고 땔감도 자르고, 도축도 하던 다용도 칼에 나겔과 크로스가드를 달아 호신, 전투용으로 개조한 게 그로스메서다.

이 그로스메서는 특별히 검술을 몰라도 다루기도 쉽고, 공구였던 탓에 실로 다용도다. 여행을 하며 야생 나무버섯을 잘라서 모닥불을 피울 불쏘시개를 만들기에도 편하다. 또 밀렵한 동물을 손질할 때도 쓸 수 있다.

그 외에 부무장으로 쓸 런들대거와 다용도의 나이프도 하나 구했다.

"충분하겠군."

내가 산 것들은 정리해 보면.

⤳ 벨트 피스톨 2정.

⤳ 그로스메서 1자루.

⤳ 런들대거 1자루.

⤳ 나이프 1자루.

"자, 보비. 이제 네 걸 골라 보자."

보비의 기본 근접 장비는 날렵하게 휘두를 수 있는 사이드소드로 했다.

흔한 판타지적 고정관념 중에 하나가 엘프는 레이피어란 점인데, 이는 전혀 사정을 모르기 때문에 하는 소리다.

레이피어는 저지력이 무척 떨어지는 무기다. 그 때문에 이 지하세계에도 레이피어가 있긴 하지만, 주로 의장용이나 드레스코드를 맞추기 위한 용도일 뿐이다.

전투에 나서려면 적어도 사이드소드 정도는 들어줘야 뭐가 된다. 여기는 2미터나 되는 근육질의 박쥐 오크가 평범하게 돌아다니는 세상이다.

마음 같아서는 아밍소드라도 쥐어주고 싶었지만 보비를 원거리 지원에 주력하게 키우려고 사이드소드 정도로 했다.

그런 이유로 보비에게는 비싼 십자궁을 사 줬다. 잘 쏘게 될 때까지는 연습이 필요할 테지만, 다크엘프니 금방 신궁이 될 것이다.

엘프가 괜히 엘프가 아니다.

그리고 만약을 대비해서 허벅지 안에 숨길 수 있는 작은 포켓 피스톨과 바우에른베른을 부무장으로 샀다.

특히 바우에른베른은 예전에 내가 집에서 쓰던 식칼과 거의 흡사한 형태로 골랐다.

쉽게 말해 요리를 하란 의미였다.

한데, 어느 정도 반발하리라 여긴 보비가 의외로 기뻐했다(물론 티를 안내려고 노력했지만 내겐 뻔히 보였다). 그리고는 바우에른베른을 품에 꽉 안고는 가볍게 웃음을 흘렸다.

"제가 매일매일 열심히 해 드릴게요, 주인님."

…이란 소리가 들렸던 것 같은데, 귀의 착각이겠지?

으아, 내 보비가 이렇게 귀여울 리가 없어.

두고 보면 알겠지.

마지막으로 중요한 장비는 보비의 갑주였다.

나야 표범 가죽이 강력한 방호력을 제공하지만 보비는 그냥 맨살이다.

두터운 외투 안으로 갑주를 입을 필요가 있었는데, 난 고민하다가 파라핀 처리를 한 가죽갑옷으로 정했다.

가죽갑옷이라고 만만히 볼 물건이 결코 아니었다. 파라핀 처리를 한 가죽은 어지간한 도검의 공격을 다 막아내니 충분하다.

보비의 무장은 정리해 보면 다음과 같았다.

⋯⇥ 십자궁 1정.
⋯⇥ 볼트 40발.
⋯⇥ 사이드소드 1자루.
⋯⇥ 바우에른베른 1자루.
⋯⇥ 파라핀 처리한 가죽갑옷 1벌.

여행을 위한 무장으로는 완벽하다.

전쟁에 나가는 것도 아닌데 더 과도하게 했다가는 무게 증가로 이동 자체가 어렵다. 그래도 달랑달랑 메서 한 자루 차고 갈 수 없는 게 또 이 지하세계의 현실.

도시를 벗어나면 인공적으로 만들어진 밤과 낮도 없어진다. 오로지 어둠과 그 깊은 심연 속에 감춰진 위험이 도사리고 있을 따름이었다.

특히나 이종족 도적패들이 여행자들을 요즘 극성스럽게 노리고 있었다. 현재 타르나이의 제국은 황자와 황녀의 내전으로 인해 헌병대를 운용하지 못하고 있었고, 그 틈에 도적이 활개를 치는 중이었다.

"착실히 준비하지 않으면 낭패를 볼 거야."

"맞아요, 주인님."

우리가 가려는 곳은 황녀가 있는 제국의 제 2 도시.

아르탈란이다.

그곳에서 나는 의무를 다할 것이고, 지구로 돌아갈 방법을 찾을 예정이다. 요즘은 이 세계에서 적응을 한 터라, 이쪽에서 성공하는 것도 머리로 그리고 있지만, 어디까지나 귀향이 가장 중요한 목표이기도 했다.

하나 귀환이 결코 쉽지만은 않을 터라 이 지하세계에 자리를 잡고 위대한 군주가 되는 것 역시 괜찮아 보였다.

앞으로 내 미래가 어떻게 될지는 나도 모른다.

다만 한 가지 확실한 건, 걸어가야 그 미래에 도달할 수 있다는 점이다.

2주일 뒤.

완벽하게 여행을 준비한 보비와 나는 마침내 연구실을 나섰다. 우리 뒤로는 변신 마법으로 본모습을 숨긴 말고제 영감과 찌예가 배웅을 나섰다.

말고제 영감은 루제플의 생전 모습으로(다소 다르긴 했다. 말고제 영감이 살아 있는 루제플을 본 적이 없는 탓이다), 찌예는 조수였던 내 모습이다. 이렇게 하고 있으면 아무도 이 쓰레기장 구석에 박혀 살아가는 매드 사이언티스트에게 신경 쓰지 않으리라.

나는 사소한 의심을 피할 수 있도록, 루제플과 내가 했던 행동 패턴에 대해 잘 알려 주었다. 영리한 저 둘이라면 잘 해낼 수 있으리라.

"잘 가게."

말고제 영감은 인자한 목소리였다.

이번 일로 말고제 영감에게 고마운 감정이 많았다. 특히 보비와 나의 풀강화 작업으로 엄청난 돈이 들었을 것이다. 그런데도 보은 차원에서 흔쾌히 해 줬으니 그에게 호감을 가질 수밖에.

옆에 있던 찌예도 인사를 해 왔다.

"크크큭! 예정된 나의 서번트여. 속박된 그 운명은 결코 회피할 수 없는 굴레처럼…."

따콩!

"꺄악! 흐잉… 오, 오빠. 안녕히 가세요오."

이제 꿀밤에도 익숙한 듯 찌예는 인사를 해 왔다. 그러나 작은 목소리로 "쳇, 상놈들은 거칠어서 문제가 아닌가"라고 투덜거렸다.

물론 가볍게 무시해 버렸다.

이 중2병 서큐버스 유녀幼女를 말이다.

다만 딱히 중2병이라고 하기도 뭐한 게, 아직 찌예의 내력에 관해 정확히는 모르지만 고귀한 매혹의 요희란 말이 틀리지는 않았다는 사실이다.

요컨대 찌예가 크크큭! 고귀한 매혹의 요희인 짐… 어쩌구를 하면 좀 오글거리긴 해도 사실을 말하는 것일 따름이다.

중2병이랑은 차원이 다르다.

그래서 대하기 곤란하단 말이지.

일단은 폭력 앞에서는 예절 바른 아이니 넘어가기로 했다. 다음에 볼 때는 날 서번트로 삼겠다는 저 녀석이 정신 좀 차리길 바라면서 말이다.

"그럼 이만 가 보겠습니다."

"두 분 다 감사했어요."

나와 보비는 나란히 인사를 하고는 길을 떠났다.

가자.

설렘과 긴장을 안고서.

고귀하고.

수려하고.

찬란하며.

위대한.

황녀가 있는 제국의 제 2 도시.

아르탈란을 향해서.

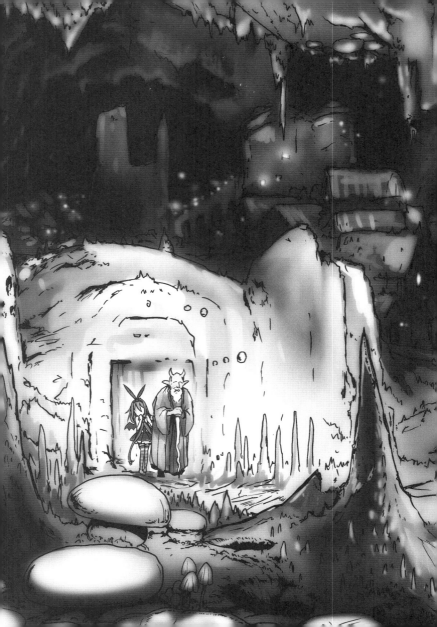

에필로그

물속에 있었다.

차가웠지만, 못 견딜 정도는 아니었다.

아……, 꿈인가.

나는 내가 꿈을 꾸고 있다는 사실을 정확히 인지했다.

그리고 지금 이게 회상이라는 점도 알 수 있었다.

이 차가운 물 안에 있는 상황은 전에도 겪었던 것이기 때문이다.

10년 전 남지은을 구하려다 사고로 연못에 빠졌다. 하지만 죽지 않았다.

동굴의 연못은 겉보기와 다르게 한없이 깊었다. 나는 발에 쇳덩어리를 매단 것처럼, 부력을 무시하고 계속 가라앉고 있었다.

그리고 가장 깊은 곳에서.

황녀 바페와 만났다.

수면에 잠깐 비쳤던 여자의 얼굴은 착각이 아니었던 것이다.

놀랄 만큼 예쁜 외국인.

"반갑습니다. 이 세계의 주민이여. 갑작스러운 만남이지만 너무 당황하지 말아 주세요."

그녀는 우아하고, 고귀하며, 아름다웠다. 여신과도 같은 기품을 가진 여자였다.

한 가지 특이한 점은 키가 굉장히 크다는 것으로, 3미터는 훌쩍 넘어 보였다. 덕분에 뭔가 초월적인 상위의 존재란 느낌이 물씬 풍기기도 했다. 그리고 나와 다른 언어를 썼지만 대화하는 데 어려움이 없었다. 갑작스러운 질문에 처음에는 조금 어버버했으나 곧 이야기를 나누게 되었다.

"……누구?"

너무 뻔한 질문이긴 하나 이 상황에서 이걸 묻지 않고는 어쩌겠는가. 이것은 회상이기 때문에 사실 모든 답을 알고 있다. 하지만 과거의 나에게 이입해 있기 때문에 의문도 동시에 피어올랐다. 꿈이 계속될수록 모든 걸 아는 현재의 나는 멀어지고, 과거의 내가 더욱 구체화된다. 결국에는 당황해서 혼란에 빠진 오주윤만이 남았다.

…지금 이 상황이 이해가 안 되었다.

물속에서도 왜 숨 쉬는 게 불편하지 않을까?

어째서 이런 알 수 없는 미녀와 대화를 하고 있는 거지?

"저는 바페라고 합니다. 애칭이긴 합니다만, 당신은 그렇게 불러도 좋아요. 후훗."

퍼뜩 한 가지 생각이 들었다. 눈앞의 여자는 저승사자가 틀림없었다. 좀 기대와는 다른 모습이긴 하지만, 그녀가 저승사자라면 협조적인 태도를 보이는 게 좋으리라.

괜히 불평했다가는 경을 칠지도 모르니까.

그래서 좀 공손한 태도를 유지하기로 했다.

"…알겠습니다. 바페."

뭐 아무래도 상관없겠지.

이미 난 죽은 것 같고 말이지.

짐작해 보건대, 사후세계로 가기 전 단계 같단 말이야.

"그런데 전 죽은 건가요? 이게 무슨 일들인가 알 수가 없군요."

"죽었다고 하기도, 죽지 않았다고 하기도 애매하군요. 하지만 당신은 운이 좋았어요. 저를 만났으니까."

이후 그녀는 모든것을 설명하기 시작했다.

솔직히 믿기 어려운 이야기였으나 그녀는 차분하게 말하고, 필요하면 증명도 해 보였다. 결국 오랜 시간 얘기한 끝에 그녀의 말이 모두 사실임을 수긍할 수밖에 없었다.

바페는 다른 세계에서 온 황녀였다.

어떤 큰 사건에 휘말렸는데 마지막에는 차원을 넘어 도망가야 했다고 한다. 그렇게 도착한 곳이 바로 지구다.

"어째서 동굴 속에 있는 건가요?"

"제가 원래 지하세계 출신이기 때문이랍니다."

지하세계라.

그러고 보면 오토 경의 모험에서도 중후반 챕터에 지하로 내려가는 모험이 있긴 하다. 용암이 호수를 이루는 섬 한 가운데 있는 신비한 흑요석 성. 그리고 거기에 갇힌 창백한 피부의 지하세계 공주님.

바페도 그 공주와 비슷한 건가?

"저는 무력하게 목숨만 부지하고 있는 형편이랍니다. 숨이 끊어

지지는 않았지만 이 연못에서 오도 가도 못하는 처지지요."

말을 들으며 부족한 안목이나마 그녀가 어떤 이인지 파악해 보려 애를 썼다. 일단 성품을 보니 악해 보이지는 않았다. 친해지면 오히려 아줌마 같지 않을까 하는 생각이 들 정도였다. 서글서글하고 상냥한 존재 같았다.

"그래서 당신이 원하는 게 뭔가요? 그리고 제가 이 처지를 벗어날 방법이 있습니까?"

바페는 잠시 뜸을 들였다. 어두운 물속에서 해초처럼 풍성하게 퍼져 있는 그녀의 풍성한 머리칼이 인상적이었다.

"아시겠지만, 현재 당신의 육신은 회생하기 어려운 지경이에요. 차가운 물속에 빠져 정신을 잃은 상태였죠. 그래서 제가 당신을 가사 상태로 만들어 유지하는 게 고작입니다. 당장은 살아날 방법이 없어요."

"물 위로 보내주시면 안 되나요?"

"올라가서 1분도 견디지 못하고 숨이 끊어질 것이니 의미가 없어요. 그 정도로 지금 당신의 육체는 상태가 안 좋아요. 보세요. 영혼이 빠져나와 저와 이리 얘기를 하고 있잖아요. 설마, 아직도 육체 안에 있다고 생각하는 건 아니죠?"

뭐야?

나 유령이었나! 당황해서 물속에서 몸을 더듬어 보았다.

차갑고 이질적인 느낌이 들었다.

정말 원래 몸이 아닌 듯했다.

점점 패닉이 몰려왔는데 바페는 그런 날 달래듯 말했다.

"솔직히 이대로라면 당신에게 전혀 해결책이 없어요. 끝없이 가사 상태로 지내야 할지도 모르죠."

"그건 싫어요."

"물론 그러시겠죠. 해서 제가 한 가지 제안을 하고 싶어요."

"제안이요?"

"네."

바페의 제안은 파격적이었다.

"다른 세계로 가는 거예요."

"뭐라고요?"

"그게 이 위기를 피하고, 후일 돌아와 가사 상태가 된 지금의 육체를 살릴 수 있는 유일한 방법이에요."

"아니… 다른 차원으로 가는 게 가능은 한 겁니까?"

"물론이죠. 저만해도 다른 차원에서 왔잖아요. 저는 영과 혼을 다루는데 누구보다 뛰어나답니다. 〈영혼 다루기〉란 고유 능력을 갖고 있지요. 육체에서 당신의 영과 혼을 떼어내 제가 살던 세계로 보낼 수 있어요. 거기서 새로운 육체에서 새롭게 시작하는 거예요."

"…어쩔 수 없나."

이대로 있으면 어차피 죽는다. 그러느니 차라리 다른 세계로 가서라도 목숨을 부지하는 게 옳지 않겠는가. 깊이 고민할 만한 일이었지만 그래도 답은 뻔했기에 결정은 빨랐다. 우유부단한 성품이 아니라 다행이다.

한숨을 내쉬고는 앞으로 뭘 해야 하는지 물었다.

세상은 기브 앤 테이크니까.

바페가 원하는 게 있으니 이런 제안을 한 것일 터이다.

그녀는 빙긋 웃었다.

"아주 염치없는 남자는 아니었군요. 보통 위기에 빠진 사람을 보면 구명자가 자신을 돕는 게 당연하다고 판단하는 일이 많은데 말이에요."

"뭐, 그렇게 뻔뻔스러운 사람은 못 되니까…. 목숨을 구해 준다니 더 바랄 게 없습니다. 제게 뭘 원합니까? 저는 별로 능력 없는 하찮은 사내입니다만."

"그런 자기 비하는 좋지 않아요. 내가 왜 당신에게 이런 제안을 했다고 생각하세요?"

"…글쎄요."

조금 어리둥절하자 그녀는 따뜻한 미소를 보여주었다.

"당신이 희생하는 모습을 봤어요. 그 소녀를 구하기 위해서 말이죠."

"아……."

"안타깝게도 물에 빠지는 당신을 구해줄 수는 없었어요. 마음 같아서는 기절한 당신을 물 밖으로 밀어내 주고 싶었지만, 그런 물리력을 발휘할 몸이 남아 있지 않거든요."

쉽게 생각하면 이 여자도 유령 같은 상태라는 거다. 큰 사단을 겪었다는데, 그때 육체를 잃어버린 건지도 모르겠다.

"원래라면 당신이 누구든지 관여하지 않았을 거예요. 저는 언젠가 제가 살던 곳으로 돌아가고자, 이 세계에서 마력을 모으고 있거든요. 그러나 그 소녀를 구하기 위해 사고를 당한 당신을 외면할 수 없었습니다."

"구해 주셔서 감사합니다."

내 말에 바페는 살며시 고개를 흔들었다.

"아니에요. 어쩌면 이 일은 절 위해서도 이로울지도 모르겠어요. 제가 원하는 건 명확해요."

그녀의 말은 알아듣기 쉬웠다. 자기가 살던 세계로 보낼 테니 황권을 위해 투쟁 중인 여동생을 도와 달라는 것이다.

"사실 저도 그곳의 사정이 어떤지는 정확히 몰라요. 그 아이가 후계 구도를 놓고 싸움 중인지 아닌지 말이죠. 다만 제가 가진 약간의 예지력이 지금 여동생에게 도움이 필요하다고 알리고 있어요. 그래서 추론할 뿐이에요. 황자인 모르나크와 싸우고 있지 않나…."

그녀는 자신이 가진 빛과 광휘의 권능을 내게 전해 주겠다고 했다. 완전히 개화하긴 쉽지 않겠지만 불완전한 상태로도 막강한 위력을 갖는다고 한다. 그 힘이 있으면 자신의 여동생에게 충분히 도움이 될 것이라 그녀는 자신했다.

꽤나 자기 동생을 사랑하는 여자가 아닌가.

시스콤인가.

"그리고 이게 중요합니다. 모든 일이 잘 되면 당신은 원래 세계인 이곳에서 다시 삶을 시작할 수 있어요."

"정말입니까?"

희망을 발견하자 목소리가 커졌다.

그녀의 말인 즉, 여동생은 타르나이라는 종족의 황녀답게 막대한 힘을 소유하고 있다고 했다. 그러니 차원문을 열어 날 다시 이쪽 세계로 보내줄 수 있다는 것이다.

"당신의 봉사가 훌륭했고, 황권을 위한 싸움에서 승리한다면 여동생은 당신을 위해 그리 해 줄 거예요."

"하지만 돌아와도 제 육체가 가사 상태라면 소용없지 않습니까?"

"걱정하지 마세요. 그 아이에게 에리나리의 사파이어를 달라고 요청하세요. 그건 생명 에너지를 담은 비보이고 영혼과 동반해 차원 관문을 넘을 수 있는 진귀한 물건이랍니다. 그러려면 당신의 봉사가 동생이 보기 충분해야겠지만요."

어쨌든 그 에리나리의 사파이어를 가지고 오면 내 육체를 완전 소생시킬 수 있다고 한다. 그리고 그렇게 소생된 몸은 전과 비교할 수 없이 대단해진다는 게 특징이었다. 지능, 근력, 민첩성, 판단력, 사고력 모두 초인적 수준으로 향상된다는 게 특이했다.

"당신이 이 쉽지 않은 모험을 끝낼 수 있다면 그 보상은 확실해요. 죽음을 피하는 것으로 끝나지 않고, 무슨 일을 하든 성공할 수밖에 없는 빼어난 육체를 갖게 될 거예요. 사파이어의 힘에 의해서 육체도 새롭게 구성될 테니, 놀랍도록 멋진 외모도 갖게 되겠죠. 모든 여자들이 당신을 보며 한숨을 내쉴 거라고 장담해요."

매력적인 제안이었다.

쉽지는 않겠지만.

"이대로 죽는 것보다 한 번 도전해 보는 게 좋지 않을까요? 물론 저는 강요하지 않습니다만. 원한다면 당신을 놓아드리겠어요. 편안히 저승으로 떠나는 것도 한 방법이겠죠."

할 말을 다 끝낸 바페는 고요하게 내 얼굴을 응시하고 있었다.

이때 결국 어떻게 했느냐?

뻔하지 않은가.

주저 없이 그녀의 손을 잡고 차원을 넘어왔다.

다만 워낙 평범한 영혼의 소유자여서 그랬던지 차원이동의 충격으로 기억상실 증상을 겪었다.

해서 그날 동굴 연못에서의 일을 잊어버리고 어느 날 갑자기 벽돌 굼벵이가 되었다고 절규했던 것이다. 뭐, 결과적으로 다 잘 되었으니 이제 상관없지만.

나는 그녀가 준 빛과 광휘의 권능으로 루제플을 처단하고 기억을 되찾았다. 그리고 황녀 바페의 여동생인 그녀를 만나러 제국의 제 2도시 아르탈란으로 향하고 있었다.

어느덧 꿈이 끝나 가고 있다.

나는 새로운 세계로 떠나기 전에 마지막 질문을 던지고 있었다.

"정작 중요한 걸 묻지 않았군요. 여동생의 이름은 무엇인가요?"

"후훗. 여동생의 이름은….""

막 바페가 입을 열려는 찰나, 꿈속의 세계가 무너졌다.

밀려드는 현실에 실망감을 느끼며 살짝 눈을 떴다.

어두운 터널 안. 모닥불은 이미 꺼진 지 오래되었고, 나는 모포에 몸을 말고 있었다.

그때 보비가 조심스럽게 어깨를 흔들어 댔다.

"쉬잇."

그녀는 검지를 입 앞에 세워 보이고는 속삭였다.

"주인님, 적이에요. 숫자가 많아요."

아르탈란으로의 여정, 나흘째.

여행자들을 노리는 강도들과 만나게 되었다.

하지만 전혀 당황하지 않았다.

오히려 나는 사납게 웃을 따름이었다.

"마침 잘됐군. 여비의 여유가 없었는데 말이지."

(다음 권에서 계속)

외전-찌예 이야기

찌예 오르이네 그라암바르.

초등학교 1~2학년 정도 되어 보이는 그녀는 아직 어린 서큐버스이다. 원래라면 서큐버스퀸이 관리하는 서큐버스 유녀幼女, 동녀童女들의 보육 시절에 있어야 맞는 나이다.

하지만 쫓기며 떠도는 처지가 되고 말았고, 현재는 타르나이족의 말고제 오르켄토에게 도움을 받고 있다.

그러면 그녀는 왜 쫓기게 되었을까?

이 외전은 그 사연에 관한 이야기이다.

찌예 오르이네 그라암바르는 태어날 때부터 특별했다.

풍성하고 짙은 보라색 머리칼을 자랑하는 아이는 같은 서큐버스 중에서도 으뜸이었다. 서큐버스는 본디 유혹하는 존재이니, 본업에 어울리는 탁월한 미색을 갖고 태어난다.

다들 대단한 미녀들이라 개성의 차이는 날지언정 딱히 우열을 가리기는 어려운 일이었다.

오직 우주 제일의 미녀로 불리는 서큐버스퀸 오르디안테를 제외하곤 말이다. 한데 찌예가 태어났다.

같은 종족 중에서도 압도적으로 예쁜 그녀가.

서큐버스 보모들은 찌예를 경계하고 어렵게 생각했다. 혈통에 대한 의심으로, 정상적인 서큐버스가 아닐까 싶어 두려웠던 것이다.

사실 찌예는 서큐버스퀸 오르디안테의 마법적인 클론과도 같은 존재였다. 물론 몸의 특성만을 이어받았을 뿐, 별개의 인물인 건 명확하다.

서큐버스퀸 오르디안테는 자신에게 걸린 죽은 어머니의 저주를 풀기 위해 찌예를 창조했다고 한다. 명확한 이유는 당사자만이 알 따름이었다.

그런데 이후 서큐버스퀸 오르디안테는 화급한 일을 겪게 되고, 불행히도 어린 찌예에게 충분한 관심을 기울이지 못하고 말았다.

찌예는 상냥하고 따뜻한 아이였으나, 어딜 가도 튀는 외모가 문제였다. 모난 돌이 정을 맞는다고 아이는 점점 보육원에서 고립되어 가기 시작했다. 그리고 서큐버스들 특유의 질투심이 있지도 않은 소문을 만들어 냈다.

"엘리아. 나랑 놀자."

찌예가 조심스러운 말투로 금발의 서큐버스 유녀 엘리아에게 접근했다. 최근 찌예는 거의 대부분의 친구를 잃었다. 왜 그런지는 자신도 모른다.

슬펐지만, 언젠가는 친구들이 돌아와 줄 것이라고만 믿었다. 그리고 눈앞의 엘리아는 마지막 남은 친구라고 할 만한 존재였다.

"……."

그런데 엘리아는 아무 말도 없었다. 오히려 찌예를 꺼리고 두려워하는 기색이 역력하다. 최근 찌예를 음해하는 소문을 들었고 그걸 그대로 믿은 탓이었다.

"미안, 찌예. 모두 너랑 놀지 말래."

"아……."

하나 남은 친구가 그렇게 떠났다.

찌예는 완전히 외톨이가 되었다.

그녀에게 중2병이 생기기 시작한 건 그때부터다. 아마 그건 자기 방어와도 같은 것이리라.

"크크큭! 신경 쓰지 말거라, 어리석은 여자여. 안 그래도 이미 일정이 있었다. 잠시 변덕에 말을 걸었을 뿐."

그렇게라도 말하지 않으면 견딜 수 없었던 것 같다.

하지만 다른 서큐버스들은 이상한 말투를 쓰는 찌예를 더 무서워하게 됐다.

"크크크. 역시 우민들과 같은 공기를 마시는 건 이렇게 힘든 일이었나."

그 후 찌예는 신비주의적이거나 마법 지식이 담긴 서적을 탐닉하게 된다. 자신만의 노트도 만들어 이런저런 예언을 쓰기도 했다.

그래도 거기까지는 괜찮았다.

아웃사이더이긴 했어도 일단은 별다른 사고는 치지 않고 지냈으니까. 한데 얼마 뒤 찌예의 신변이 위험하게 됐다. 어떻게 알려진 건지 알 수 없었으나, 서큐버스퀸 오르디안테와 반목하던 세력이 찌예의 정체에 관해 알아챘다.

서큐버스퀸 오르디안테를 쓰러뜨리고자 하는 그들은 그녀의 피를 이어받은 마법적 클론에 주목했다. 찌예를 생체실험하고 분석하면 강력한 서큐버스퀸 오르디안테의 약점을 찾을 수 있을 듯해서였다.

하지만 찌예는 습격의 날 밤에 도망치는 데 성공한다. 본인도 몰랐지만 찌예에게는 확실한 예지 능력이 있었다. 별생각 없이 적고 있던 중2병 설정집은 사실 놀라운 예언으로 가득했다.

그날따라 찌예는 본인이 스스로를 지칭하는 명칭인 '매혹의 요희'가 무척 위험한 처지라는 설정을 부여했다. 그리고 언제나 외로움만 주는 답답한 보육원을 탈출했는데 마침 그날 습격자들이 왔던 것이다. 어떻게 보면 내키는 대로 행동하는 것과 같았기에 찌예는 본인의 예지 능력에 관해 전혀 알지 못했다. 오히려 매혹의 요희가 위험에 처했다는 설정은 그간 준비해 온 가출을 합리화시켜주는 수단이었으니 말이다.

그렇다.

그냥, 자기합리화였다.

찌예는 자신도 알지 못하는 능력이 발휘되고 있음을 깨닫지 못했다. 그렇게 위험을 넘긴 찌예지만 금세 곤란한 처지에 빠지고 만다.

아직 어리기만 한 무력한 서큐버스.

게다가 눈부시게 아름답기까지 하다.

범죄의 표적이 되는 건 당연한 수순이었다.

아이는 재기발랄하게 처신했지만 그래 봐야 어른들의 손바닥 안이었다.

"저리 가! 안 돼! 으아앙!"

인신매매범들에게 포위된 찌예는 저항하며 눈물을 흘렸다. 어찌나 놀랐던지 중2병 말투도 날아가 버렸다.

"안 돼…."

"가만히 있어. 아저씨들 나쁜 사람 아니야. 흐흐흐."

물론 이런 대사를 치는 사람은 누가 봐도 나쁜 놈들이다.

똑똑한 찌예는 즉각 선제 공격을 날렸다.

화염 마법으로 앞에 있는 인신매매범의 얼굴을 그을려 주고는, 달음박질 친 것이다.

하나 어린 아이가 어른들을 따돌리기는 무리였다.

게다가 다들 약이 단단히 오른 상태.

"꺄!"

어쩐지 강아지 비명 같은 애처로운 소리를 내며 찌예는 땅바닥을 굴렀다.

인신매매범에게 걷어차이고 말았다.

처음 느껴 보는 엄청난 격통에 찌예는 얼이 빠졌다. 아이의 똑똑한 머리는 생각하길 멈췄고, 그것으로 또래보다 훨씬 조숙하다는 장점은 완전히 없어지고 말았다.

"으아아앙!"

그냥 목 놓아 울 따름이었다. 그제야 인신매매범들은 헤죽헤죽 웃으며 여유를 부려댔다. 목표가 자기들 손에 떨어진 걸 알았기 때문이다.

"그만 징징 짜, 이 년아. 재수 없어. 킥킥킥."

"이 육체를 팔면 돈 좀 나오겠어. 소아성애자 놈들이 반색하고 사 가겠지."

"암. 내 평생 이렇게 예쁜 아이는 처음이군. 대박이야, 잘만 팔면 수백만 밀은 벌 수 있을지도 몰라."

사실 찌예의 가치를 겨우 수백만 밀로 평가하면 대단한 실례였지만, 이것은 단지 그녀의 어린 육체만 놓고 매긴 가격이었다. 만약 찌예가 지금 그대로 잘 자라 성년이 된다면, 값으로는 따질 수 없는 존재가 될 것이다.

"흐으윽. 흑."

찌예는 어쩐지 기고만장했던 자신을 후회했다.

어딜 가서나 잘할 수 있다고 여겼는데 결국 자신이 무력한 아이임을 절감한 것이다.

공포가 밀려들었고 울음소리는 더 커졌다.

"시끄럽군."

입에 재갈이 물려지고 인신매매범들이 욕설과 함께 눈을 부라리자, 찌예는 공포에 질려 눈만 크게 뜰 따름이었다. 그리고 아이는 이대로 팔려갈 처지가 되었다.

하지만 아직 찌예의 운은 다하지 않았다.

이대로 모든 게 끝나야 맞았겠지만 근사한 구원자가 나타났던 것. 비록 백마 탄 왕자님은 아니었지만 실력만큼은 확실했다.

그는 바로 말고제 아르켄토, 마법 물품을 다루는 데 뛰어난 늙은 타르나이였다.

"타, 타르나이!"

인신매매범들이 기겁한 건 당연하다.

타르나이는 이 지저의 지배자들이자 마법의 종사이다. 말고제처럼 홀로 다니는 노쇠한 타르나이조차 아주 위험했다.

"아이를 놓아 주고 꺼져라."

협상의 여지가 전혀 없는 말고제의 단호한 말.

원래라면 인신매매범들은 그대로 물러났어야 맞았다.

거리의 양아치들인 그들이 어찌 마법을 다루는 타르나이를 이겨 내겠는가. 하지만 이번 사냥감이 인생 역전이란 말로도 표현할 수 없을 정도로 대단했기에, 허세를 부리며 무리를 했다.

"한 명이서 뭘 하겠다는 건가? 영감! 응? 크크크큭."

대장으로 보이는 인신매매범이 검을 빼들고는 위협적으로 흔들었다. 수하들 역시 그 뜻을 알아채고는 허세 부리기에 동참했으나, 그건 명백한 오판이었다.

세에에엑.

뭔가 좁은 곳을 강한 힘이 지나가는 듯한, 불길한 소음이 났다. 그리고 그다음 순간.

퍼엉!

짧은 폭음과 함께 인신매매범들의 대장이 터져나갔다. 그냥 그는 그렇게 죽었다.

"허억……."

잔뜩 눌린 듯한 신음이 인신매매범들 사이에서 터진다.

질려서 비명도 제대로 지르지 못하고 있었다.

소리를 쳤다가는 자기 몸도 터져나갈 듯했기에 말이다.

"꺼져라. 네놈들에게는 마력이 아깝다."

"흐이이익! 으아아아!"

인신매매범들 그대로 줄행랑을 쳐 사라졌다. 인생 역전이고 뭐고, 일단은 살아야 하는 게 아니겠는가.

"괜찮느냐?"

"고, 고맙습니다….."

그게 말고제와 찌예의 첫 만남이었다.

그날 이후 말고제는 찌예의 보호자가 되었다.

오갈 곳 없던 찌예에게 측은지심이 들었던 것이다. 게다가 말고제는 찌예가 특별한 혈통과 운명을 타고났다는 걸 알게 되었고, 자신이 지켜봐야겠다는 결심을 했다.

이후 그들은 적을 피해 방랑벽 걸린 자들처럼 유랑하였다.

서큐버스퀸의 적들은 그들 자신의 적에 대한 비밀을 풀기 위해 찌예를 추격했다.

위기의 순간도 있었지만 말고제의 도움으로 찌예는 안전하게 지낼 수 있었다. 당연히 아이는 할아버지처럼 인자한 말고제를 따르게 되었다.

그러던 어느 날.

떠돌던 그들은 제국의 수도, 아투마스트의 한 구역인 말르씨 셀에

도착하게 된다.

쓰레기를 처리하는 이 구석진 셀이 숨어 지내기 제격이란 판단에 서였다. 말르씨 셀에는 복잡한 빈민촌이 있고, 그 판잣집의 미로에서 원하는 걸 찾기란 쉬운 일이 아니었다.

좁고 냄새나고 더러운 게 문제였지만 말고제의 마법이면 그런 부분도 해결할 수 있었다. 작은 건물의 내부에 넓고 쾌적한 공간을 만들어 낼 수 있기 때문이었다.

둘은 곧 적당한 곳에 정착할 수 있었다.

주변의 판잣집이 마치 성벽처럼 둘러싼 안에 있는 아주 작은 집이었다. 진입이 힘들고 비좁아서 빈민촌에서도 가장 싼 곳 중에 하나였다. 하지만 말고제가 마법을 부리자 그 안은 아주 살기 좋은 곳으로 변했다.

찌예는 도망만 다니는 생활이 끝나 크게 만족했다. 아이는 영민했기에 이게 일시적인 휴식이란 걸 알았지만 오히려 그래서 즐거운 기분으로 최대한 즐기려 노력하였다.

여유가 있을 때 아이가 가장 열심히 한 건, 본인의 예언서를 쓰는 일이었다. 제목은 〈멸망의 금서〉였다. 딱히 멸망에 대한 주제는 아니었지만 그게 그냥 멋있어 보여서 멸망의 금서로 정해졌다.

"크크큭. 미래를 예견하는 건 본녀에게 아주 쉬운 일이지."

원래 처음부터 찌예가 자신에게 예지 능력이 있다고 믿은 건 아니다. 하지만 어쩌다 몇 개가 얻어 걸리자 그 후에는 쉽게 기고만장해졌다. 물론 마음속에 우연이란 생각이 없지는 않았지만 애써 무시해 버렸다.

"일단 본녀도 여자인데 왕자님… 아니 부릴 건장한 서번트가 있어야겠구나. 크큭!"

찌예는 어느 여자 아이처럼 백마 탄 왕자를 기대하는 심리가 있었으나, 매혹의 요희란 고귀한 자존심이 그걸 허락하지 않았다. 그래서 좋아하고 관심을 부을 남자를 일단 서번트라고 책에 기입하기 시작했다.

"크큭. 예언대로라면 본녀는 일주일 안에 노예를 구할 수 있겠군. 좋은 일이야."

무언가에 몰두하는 아이들이 다 그렇듯, 찌예도 신을 내며 노트를 적어나갔다.

"허허허."

말고제는 찌예가 혼자서도 재밌게 노니 그저 반가울 따름이었다. 그는 마법 물품을 다루는 실험이나 작업을 하느라 꽤 바쁜 편이었기에 더욱 그랬다.

그로부터 며칠 뒤.

말고제는 필요한 마법 물품이 있어 말르씨 셸의 시내로 외출하게 되었다.

찌예는 함께 가자고 졸랐는데 무료하거나, 혼자 있기 싫어서는 아니었다. 예언서대로라면 일주일 안에 왕자님, 아니 서번트를 구해야 하는데 집구석에만 있으니 아무것도 안 되는 것이었다. 고뇌하던 찌예는 어떻게든 밖에 나가야 한다는 결론을 내렸다.

"할아버지, 집에만 있으니까 너무 답답해요."

"흐음……"

찌예가 두 눈을 글썽거리며 부탁해 오자 말고제는 결국 그 요구를 들어주지 않을 수 없었다. 한창 또래들과 놀 나이인데 집에서 혼자 노트만 붙잡고 있는 게 안쓰럽게 보이기도 했고 말이다.

최근에 추적자들 역시 뜸해져서 슬슬 안전해진 게 아닌가 하는 생각도 드는 말고제였다. 서큐버스퀸의 적도 찌예와 말고제의 엄청난 역마살을 당해내지 못한 건지도 모른다.

"좋다. 그렇지만 이 할애비 말을 잘 들어야 한다?"

"네! 꺅! 좋아요!"

찌예가 많이 기뻐하는 모습에 말고제는 흐뭇하게 고개를 끄덕였다.

그런데 결국 그날 문제가 터지고 만다.

찌예는 또래에 비해 생각이 깊긴 했으나 결국 어린애라는 점은 어쩔 수 없었다. 서번트는 사실 핑계에 불과했고 곧 왕성한 호기심과 함께 이곳저곳에 시선을 줬다. 그래도 말고제가 통제를 했으면 문제가 없었을 텐데, 하필 그는 마법 시약을 고르느라 삼매경에 빠져 있었다.

그 사이 찌예는 상점 밖에서 재밌는 걸 발견했다. 작고 꾸물거리는 생물이었다. 마치 고양이가 나비를 따라가듯 찌예도 그걸 구경하느라 정신이 팔려 버렸다.

물론 의식의 한편에선 조금만 보다 돌아가야지 싶었지만 정신을 차리자 어느새 멀리 와 버린 후였다. 아이는 할아버지가 있던 가게가 어디인지 헷갈렸다.

지저는 찌예처럼 예쁜 여자애가 혼자 돌아다니기에는 위험한 장소였다. 곧 그녀는 시비에 걸리고 말았다.

그나마 다행인 건, 육체를 밀매하는 인신매매범이 아니라는 점이었을까.

박쥐 오크 셋이었는데, 그들은 찌예의 목에 걸린 귀중한 목걸이에 관심을 보였다.

"이봐, 꼬맹이. 그 목걸이를 이리 건네고 꺼져."

그나마 상대가 눈이 퇴화된 박쥐 오크라 다행이었다.

찌예의 미모를 전혀 몰라봤으니 말이다.

그들은 청각이 발달된지라 목에 찰랑거리는 금속 목걸이가 있는 걸 알아보고는 강탈하려 했다. 놀랍게도 박쥐 오크들은 금속음만으로도 금인지 은인지 쇠인지 알아볼 정도였다.

찌예의 목에 걸린 목걸이는 아이에게는 가장 소중한 물건이었다. 돌아가신 어머니가 남긴 것이라 들었기 때문이었다. 실상 그건 서큐버스퀸의 목걸이인지라, 따지고 보면 아주 틀린 말은 아니었다.

서큐버스퀸의 마법적인 클론이 바로 찌예였으니 말이다.

"안 돼요!"

찌예는 격렬하게 저항하며 목걸이를 지키려 했다. 하지만 박쥐 오크들은 키가 2미터에 이를 정도고, 땅밑에서 힘깨나 쓰는 종족으로 불린다. 그러니 어리디 어린 찌예가 당해낼 수 있을 리가 없다.

"뭐야, 동굴 모기가 무는 거냐? 크하하핫!"

박쥐 오크는 어이없다는 듯 웃고는 찌예를 밀쳐냈다.

"꺙!"

외마디 비명과 함께 찌예는 나가떨어졌다.

다시 일어나려는 다리가 후들후들거렸다. 아이는 그래도 이를 악물고 일어섰다. 그러나 박쥐 오크들의 비웃음은 더 커졌을 따름이다.

"하하핫! 크하하하핫!"

그대로 떠나려던 박쥐 오크는 찌예가 더욱 더 달라붙자 짜증이 나고 말았다.

한 방 치면 죽어버릴 것 같아 참고 있는데 어찌 이리 귀찮게 하는 것인가, 하는 심경이었다.

"꼬맹이 녀석이! 퉤엣! 얼른 꺼지지 못해?"

"까악!"

다시 한 번 찌예가 나가떨어진다.

그런데 그때 구원자가 나타났다.

"거기 둘. 멈춰라."

정신을 잃어가던 찌예는 새로 나타난 인물을 쳐다보았다. 흐릿하게 보여서 어떤 존재인지 알 수가 없었다.

'아…… 서번트 등장인가? 예언서대로 됐네. 히히.'

어쩐지 즐거운 기분을 느끼며 찌예는 의식을 잃었다. 그러나 갑자기 나타난 그 인물의 목소리만은 기억하려고 노력했다.

"안녕하세요! 저는 찌예~ 오르이네~ 그라암바르~라고 함뉘다! 저의~ 목숨을~ 구해~ 주셔서 감사함미다!"

찌예는 거울을 보고 두 시간째 연습 중이었다.

보통 제 나이 또래 아이들이 뭐든지 금방 질려하는 점을 고려해 볼 때, 엄청난 노력 중이라 할 수 있었다. 이유는 바로 은인에게 감사 인사를 전하기 위해서다.

정신을 차리자 집에 돌아와 있었는데, 말고제에게 자초지종을 들을 수 있었다. 역시 갑자기 끼어든 그 자가 나쁜 놈들을 물리치고 자신을 구했다는 것이었다.

"이 할애비가 꼭 한 번 찾아오라 일렀다. 조만간 올 테니 기대하거라. 끌끌."

"네, 할아버지."

그 뒤로도 찌예는 계속 거울을 붙들고 있었다.

'다리 아프당.'

오래 서 있었더니 앉고 싶었다. 그래도 찌예는 좀 더 노력하기로 했다. 그리고 어떤 남자인지 궁금하기 짝이 없었다. 비록 찌예는 그 남자가 고귀한 매혹의 요희를 위한 서번트라고 스스로 변명했지만, 무의식중으로 신랑 후보라고 여기고 있었다.

조숙한 아이였다.

'히잉, 약간 더 숙여 볼까? 아니야, 그러면 안 예쁜 것 같은데.'

그런 고민을 하며 찌예는 연습을 반복했다.

그리고 며칠 뒤.

마침내 생명의 은인이 직접 찾아왔다.

'크크큭! 오는 것이냐. 운명의 서번트여.'

얼마나 멋진 사내일까! 찌예는 심장이 두근두근 뛰었다.

하지만 막상 오주윤이 도착했을 때, 아이는 실망하고 말았다. 그는 좀비였던 것이다. 그것도 한쪽 팔에 집게가 달려 무섭기까지 했다.

"우우…."

낮은 한탄이 아이의 입에서 흘렀지만 그것뿐이었다.

찌예는 내색하지 않았다. 그건 은인에 대한 큰 실례였기 때문이었다.

게다가 이곳은 육체를 갈아탈 수 있는 지하세계다.

찌예는 오주윤에게 열심히 연습했던 인사를 하고는, 그가 말고제와 얘기를 하는 틈에 자기 방으로 부리나케 달려갔다.

그리고 하나의 설정을 추가했다.

-매혹의 요희의 서번트는 충직하지만 아직 그 외모가 훌륭하지 않았다. 하지만 그는 나중에 눈부시게 멋진 육체로 탈바꿈하게 된다.

아이는 잠시 생각에 빠졌다.

멋지다는 건 뭘까?

그러다 결론을 내린다.

"흐므! 흐므! 그래. 날개가 있으면 멋지겠지. 기왕이면 검은 날개로 하자. 크크큭!"

다시 펜이 신 나게 움직인다.

-서번트의 새로운 육체는 어둠의 기품이 느껴지는 근사한 날개를 늘어뜨리고….

그러다 아이는 날개가 몇 장이면 좋을지 고민했다. 두 장이면 평범해 보이고, 여섯 장이면 좀 과도한 듯하다.

"맞아! 네 장이 딱 좋아. 4월소란 것도 있고, 정말 4는 완벽한 숫자가 아닌가. 크크큭!"

찌예는 어설픈 솜씨로 네 장의 날개를 가진 서번트의 새로운 육체를 노트에 대강 그려 넣었다. 그림은 엉망이었지만 아이는 아주 만족해했다.

이것으로 되었다.

서번트는 지금이야 좀비지만 언젠가 이리 바뀔 것이다!

찌예는 확신했다.

근거는 없지만 이 〈멸망의 금서〉는 아직 자신을 배신한 적이 없었으니까.

그렇게 생각하자 마음이 편해졌다. 그리고 좀비 오주윤도 좀 더 살갑게 대할 수 있었다.

하지만 찌예는 의외로 부끄러움도 많이 타는 아이였고, 쾌활한 인사가 무색하게 그날 더는 오주윤에게 접근하지 못했다. 차를 타 주고는 그냥 멀리서 말고제와 오주윤이 대화하는 걸 지켜볼 따름이었다.

'도도한 매혹의 요희가 먼저 다가갈 수는 없는 일! 크크큭! 서번트가 이 매력에 찾아오지 않고는 못 배기게 해 주겠다.'

찌예는 조숙하기도 했지만 솔직하지도 못한 아이였다.

시간이 흘러 거처가 옮겨졌다.

무슨 일이 있었는지는 모르지만 서번트 예정인 오주윤이 꽤 고초를 겪은 얼굴이었다.

쾌활하게 말을 걸기 위해 혼자 많이 연습했는데 심각한 오주윤의 표정에 찌예는 말을 삼켜 버리고 말았다.

그래서 얌전한 아이인 척하며 때를 기다렸다. 게다가 자신이 매혹의 요희(어디까지나 스스로 정한 직업이었지만)라는 걸 밝혀야 했기에 타이밍이 중요했다.

좀 더 호기가 있으리라.

일단은 그리 숙이고 기회를 기다리다 보니 마침내 때가 왔다.

좀비 오주윤이 영혼 이식으로 육체를 옮겨 탄 것이었다. 설정대로 서번트에게 네 장의 날개가 생기지는 않았지만 외형은 아주 근사하게 바뀌었다.

할아버지의 말로는 흑표범 인간이라고 했다.

'아직 날개가 돋지 않은 걸 보니 한참 멀었구나, 나의 서번트여. 하지만 일단은 그 정도로 용서해 주도록 하지.'

힘든 일이 끝난 건지 오주윤의 표정이 밝았기에 찌예는 자신감이 생겼다. 정말 이제는 오주윤과 친해질 수 있을 듯했다.

그래도 막상 방법이 안 떠올라 어떻게 하는 게 좋을지 조용한 방에 앉아서 고민에 빠졌다.

한데 그때.

슬그머니 오주윤이 방 안으로 들어오는 것이었다.

뭘 하려는 걸까?

찌예는 의아했다. 말을 걸 수도 있었으나 일단 지켜보기로 했다. 그런데 갑자기, 서번트 녀석이 괴상한 짓거리를 하는 것이었다.

포즈도 이상했다.

"벼어어언 시이인!"

뭐지? 순간 찌예는 어리둥절하면서도 웃음이 터지는 걸 참지 못했다. 뭐야, 저리 이상한 동작을 하면서 병신이라고 외치다니!

"꺄르르르륵! 벼어어어엉 시이이이인!"

결국 따라하지 않고는 베길 수가 없었다.

신난 찌예는 방방 방을 뛰면서 병신이라 함께 외치며 좋아했다. 하다 보니 재미가 있었다.

그런데 정신을 차리고 보니 오주윤은 사색이 되어 있었다. 뭐지. 왜 저럴까?

게다가 서번트는 이 일이 들킨 걸 무척이나 부끄러워했다. 어리지만 영악한 찌예는 드디어 기회가 왔음을 깨달았다.

눈앞의 사내를 신랑으로… 아니, 서번트로 옭아맬 절호의 찬스가 말이다.

"크큭. 어리석은 인간. 수치로 자결하는 대신 이 고귀한 매혹의 요희인 본녀를 위해 봉사하게 해 주마. 크크큭! 그나저나 그 나이에 잘도 해 주는군. 변신이라니…. 오호호호홋!"

찌예는 오주윤의 얼굴이 하얗게 변하는 걸 보고는 무척이나 흡족했다.

'후웃. 아주 제대로 찌르지 않았나.'

이대로라면 서번트로 삼기 부족함이 없을 터. 협박… 아니 치부를 눈감아 주고 봉사를 받는, 그야말로 윈윈하는 관계라고 어린 찌예는 생각했다.

하지만 어른은 역시 만만치 않았다.

물론 오주윤은 아직 미성년자였지만 찌예가 보기에는 다 큰 어른이었다.

콩! 콩! 콩콩!

이어진 꿀밤에 찌예는 눈물을 글썽글썽거리며 일이 뜻대로 되지 않았다는 걸 깨달았다.

"히잉… 오빠 잘못했어요."

아파서 일단 용서를 빌었다.

원래 아픈 건 잘 참지 못해서 눈물이 절로 고였다.

그러나 찌예는 이대로 포기하지 않았다.

'대단하군. 이 몸이 비굴하게 후퇴하게 하다니. 하지만 그런 반항도 여기까지일 것이야. 크크큭.'

맘은 그렇게 먹었지만 이후 오주윤을 서번트로 삼으려 큰 노력을 하지는 않았다. 오주윤과 같이 노는 게 즐거웠기 때문이었다.

시간은 빨리 흘렀고 결국 오주윤은 제 2 도시 아르탈란으로 떠나게 되었다. 찌예는 막상 이별의 순간이 다가오자 가슴이 뻥 뚫린 것 같은 느낌에 어쩔 바를 몰라 했다.

그러나 조숙한 아이라 내색하지는 않았다.

오히려 한껏 더 높은 목소리로 허세를 부리는 것이었다.

"크크큭! 예정된 나의 서번트여. 속박된 그 운명은 결코 회피할 수 없는 굴레처럼…."

결국 그래서 한 대 맞고 말았지만.

따콩!

"꺄악! 흐잉…. 오, 오빠. 안녕히 가세요오."

그렇게 찌예는 오주윤을 떠나보냈다. 가면서 뒤도 안 돌아보는 오주윤이 너무 원망스러워 눈물이 핑 돌았다.

나쁜 놈. 찌예는 그렇게 생각했다.

"갔구나. 섭섭하니?"

말고제의 인자한 물음에 찌예는 괜히 바닥의 돌을 차며 툴툴거렸다.

"아니요. 속이 다 시원하네요. 이제부터 찌예는 잘 거니까 내일까지 찾지 마세요."

거기까지 말하고 찌예는 뽀르르 달려가 버렸다.

그런 찌예를 보며 말고제는 빙그레 웃을 따름이었다.

"원… 녀석. 베개나 너무 적시지 않으면 좋으련만."

말고제는 사람 대하는 게 서툰 서큐버스 아이가 다음에는 맘에 든 그와 더 친해질 수 있었으면 좋겠다고 생각했다.

함께 다니기 시작한 이래, 요 근래같이 찌예가 들떴던 적은 없었으니 말이다.

그때 찌예는 이불을 뒤집어쓰고 노트에 무언가를 옴팡지게 적고 있었다.

"으으윽! 끄윽!"

닭똥 같은 눈물을 흘리면서 말이다.

――서번트와 곧 아르탈란에서 재회한다. 이것은 피할 수 없는 운명이며 속박이다. 결국 서번트는 매혹의 요희의 것이기에!

간신히 거기까지 쓴 찌예는 결국 참지 못하고 이불 속에 들어가 서럽게 울음을 터뜨리고 말았다.

"히이이잉. 오빠, 보고 싶어요. 으아아앙!"

(외전-찌예 이야기 끝)

DUNGEON EXPLORER

DATA 던전 탐색 자료

- 캐릭터 스탯
- 몬스터 박물지
- 지하세계 개념도
- 영혼석과 합성, 강화
- 무구와 전투의 기예

오주윤

클래스 웨어 블랙팬서
　　　　(라이칸스로프/레어 클래스)
강화 +5강(풀강)
합성 0회(두 단계 업그레이드 가능)
기술 소리 없는 움직임.
　　　시력 5.0/암흑 시야.
　　　하루 3회 웨어 블랙팬서로 변신
가능.
고유 능력 아직 개발되지 않은
　　　　세 가지 특수 능력.
영혼석 등급 6등급.
비고 3등급 노강과 대등.
　　　특수 능력을 쓰게 되면 변수 있음.

보비

클래스 다크엘프
강화 +5강(풀강)
합성 0회(두 단계 업그레이드 가능)
기술 아크로바틱.
　　　멀리 듣기.
고유 능력 아직 개발되지 않은
　　　　세 가지 특수 능력.
영혼석 등급 7등급.
비고 은발에 밝은 회색 피부. C컵.

▶ **벽돌 굼벵이**

지하세계에서 땅을 파는 일을 하는 최하급 몬스터입니다. 지저
의 동굴은 석회 동굴, 암염 동굴, 용암 동굴, 석고 동굴 등 그 재질
이 다양한데 벽돌 굼벵이 역시 지형에 맞게 특화된 여러 가지 종
이 존재합니다. 이들의 육체는 땅을 파는 기능 이외에는 놀랄 정
도로 허술한데, 값싸게 대량으로 생산되기 때문입니다.

또한 지능은 매우 낮습니다.

한데 벽돌 굼벵이들은 원래부터 멍청하지는 않았습니다.

벽돌 굼벵이는 일종의 형벌이라 볼 수 있습니다. 타락한 영혼
이 갇히는 육체의 감옥으로, 지성을 잃고 영원히 고통 받는 상
태입니다. 처음부터 벽돌 굼벵이는 아니었던 것이지요. 주로 '경
계 너머의 자'라는 영혼석이 없는 부랑자들이 벽돌 굼벵이가 됩
니다.

그리고 그 벽돌 굼벵이로서의 삶을 끝없이 반복합니다. 가동
기간인 1년인 지나 죽은 벽돌 굼벵이의 혼은 다시 벽돌 굼벵이
부화장으로 흘러들어 갑니다. 그리고 새로운 몸에 들어가 다시
끝없는 노역에 종사하게 됩니다.

이런 탓에 지하세계에서는 벽돌 굼벵이를 부품으로 취급합니
다. 물론 이 비밀을 알고 있는 자는 많지는 않습니다. 그리고 또
한 가지 사실은 '경계 너머의 자'들 외에도 숙청된 타르나이도 벽
돌 굼벵이 형에 처해지기도 한다는 점입니다. 두려움 없고 안하

무인인 타르나이조차도 벽돌 굼벵이가 되는 걸 극도로 두려워합니다.

드문 경우긴 하지만 반역 같은 심각한 범죄를 저지른 타르나이에게 벽돌 굼벵이 형폐이 내려집니다. 하니 굼벵이의 육체를 벗어나면 지성을 회복할 수도 있습니다. 물론 옮겨갈 육체의 수준에 따라 회복할 수 있는 지성에는 한계가 있습니다만.

그러나 비루한 벽돌 굼벵이가 구원받는 일은 로또에 당첨되는 것보다 어렵습니다. 상식적으로 거의 일어날 수 없는 일이지요. 오주윤의 경우 폐기된 후 영혼이 벽돌 굼벵이 부화장으로 흘러가야 했으나, 루제플의 간섭 탓에 해방되었습니다. 따지고 보면 그 매드 사이언티스트가 오주윤의 은인인 셈입니다.

▶ 좀비

벽돌 굼벵이 정도는 아니지만, 좀비 역시 지하세계에서 노예 계층으로 일합니다. 조선 시대 노비보다도 더 지위가 낮다고 생각하면 이해가 편하겠습니다. 이들은 보통 미드에서 볼 수 있는 좀비처럼 상태가 심각하지는 않습니다. 영혼석을 몸에 품고, 마력을 에너지로 삼기에 가동 연한 동안은 비교적 멀쩡한 모습을 갖고 있습니다. 이들 역시 대량 생산되어 지저의 다양한 일에 투입됩니다. 한 가지 특이한 것은 인간을 베이스로 하는 좀비는 거의 없다는 점입니다. 이는 지저에서 워낙 순혈 인간이 희귀한 탓입니다. 주로 다크엘프, 암흑 드워프, 박쥐 오크, 보석 노움 등의 시체가 좀비로 많이 제조됩니다.

▶ 합성 좀비

일반적인 좀비보다 강화된 형태의 좀비입니다. 좀비 중에서 흔한 편은 아닙니다. 루제플에 의해 탄생한 가재발이 이 합성 좀비입니다. 오주윤의 가재발은 이름처럼 실제로 가재와는 관련이 없고, 사실 지하세계에 사는 거대한 곤충의 앞다리였습니다. 우연히 이를 쓰레기장에서 손에 넣고 갖고 있던 루제플이 오주윤의 육체를 만들며 사용한 것입니다.

이처럼 합성 좀비는 다른 생물의 신체를 붙여서 만들기에, 몬스터합성강화학의 합성과는 차이가 있습니다.

합성 좀비의 역사는 상당히 깊은데, 가장 유명한 자는 거북 등껍질 하르트일 것입니다. 거북 등껍질 하르트는 지하 동굴에 사는 거북이의 등껍질을 등에 합성했던 좀비입니다. 그는 전쟁터에서 도망가는 주군의 목숨을 자신의 거북 등껍질과 바꿔 구했습니다.

비록 합성 좀비로서의 근간인 거북 등껍질을 잃긴 했지만, 하르트는 주군이 내린 새로운 육체를 얻어 커다란 출세를 이루게 됩니다. 후에 그는 승승장구했고, 역모에 휘말려 처형되기 전까지는 황도의 정계에서 입김이 강하기로 유명했습니다.

하나 마지막에 결국 벽돌 굼벵이가 되었고, 원래 자신의 처지보다 더욱 비천해졌습니다. 소문에 의하면 하르트는 수백 년이 지난 아직까지 벽돌 굼벵이의 노역에서 벗어나지 못하고 있다 합니다.

▶ 마족

마족이란 말은 사실 오주윤이 임의로 붙인 명칭에 불과합니다. 이들은 대체로 악마적인 생김새를 갖고 있기에, 오주윤의 감상은 그다지 틀린 게 아닐지도 모릅니다. 정식 명칭은 〈타르나이〉로, 그 뜻은 이제는 아는 이가 적은 지상어로 '마법의 종사'란 뜻입니다.

원래 이들은 인간이었다는 소문이 있는데, 재난을 피해 지하로 내려와서는 그 형태가 이리 변형되었다고 합니다. 지하세계의 가장 넓은 공간인 대공동을 차지한, 명실상부한 땅밑의 지배자들입니다. 거대한 제국을 이뤘고 드워프와 오크, 엘프들의 왕조를 번국으로 삼아 통제하고 있습니다. 가장 강력하지만, 그만큼 적 또한 많습니다.

▶ 동굴 오거

지상에서 살던 오거들 역시 대재앙을 피해 땅밑으로 내려왔습니다. 그들의 키와 덩치는 좁고 낮은 지하세계에 적응하기 편하게 변해 왔습니다. 이건 사이클롭스들이 지상에 있을 때와 거의 덩치가 변하지 않은 것과 비교되는 일입니다. 그 덕에 동굴 오거들은 사이클롭스들이 살지 못하는 많은 곳에서 골목대장 노릇을 하고 있습니다. 피부는 대개 어둡고 탁한 색이며 드워프처럼 덩치가 단단하고 근육질입니다. 지상에 살던 그들 선조들보다 많이 작아져 체고가 2.5미터를 넘는 개체를 찾아보기 어렵습니다.

▸ **박쥐 오크**

　오크가 지하세계에 적응해 모습이 변형된 형태입니다. 이들은 어두컴컴한 지저에 적응하느라 눈이 퇴화했습니다. 다른 종족들이 마법의 혜택으로 빛을 잃지 않았던 데 반해 오크들은 마법에 크게 재능이 없었죠. 대신 다른 이들보다 우월했던 육체적 능력으로 난국을 타개했습니다. 눈이 퇴화하고 청력에 의존하기 시작했죠. 그리고 마침내 박쥐처럼 초음파를 사용할 수 있게 되었습니다. 이렇게 적응한 이들은 이제 땅밑에서 가장 활발히 움직이는 종족 중 하나입니다.

▸ **서큐버스**

　서큐버스는 보통 몽마로 알려져 있습니다. 하지만 이 세계관의 서큐버스들은 그런 일 졸업한지 오래되었습니다. 서큐버스들 중에 가장 비천하고 영락한 존재만이 밤의 꿈속에서 사내의 정을 채취하는 일을 합니다.

서큐버스퀸 오르디안테가 개혁에 나선 이래, 서큐버스들은 다중우주에서 가장 사랑스럽고 정숙한 신부가 되었습니다. 이제 이들은 어릴 때부터 함께 자라며 요조숙녀로서 익혀야 할 점들을 철저히 교육받게 됩니다. 일정 점수를 이수하지 못하면 과거처럼 꿈속에서 사내의 정을 채취하는 천직으로 떨어집니다. 사실 처음에 서큐버스퀸이 이런 변혁을 예고했을 때, 수많은 사람들이 비웃었습니다.

음녀이자 창부인 서큐버스가 어찌 숙녀가 될 수 있냐는 것이었죠. 하지만 이들의 변신은 성공적이었습니다. 그리고 서큐버스들이 눈부시게 아름다운 것 또한 사실. 이러다 보니 다중우주 전체에서 엄청난 구혼 행렬이 이어졌고, 중매쟁이가 된 서큐버스퀸은 상상도 못할 부를 취했습니다. 그리고 그 돈은 서큐버스들의 공동체를 발전시키는데 사용됐습니다.

그 덕에 점점 더 훌륭한 서큐버스 신부들이 나오게 되었죠. 그리고 이런 정책은 서큐버스에게도 이득이었습니다. 더는 창녀로 살지 않고 좋은 혼처에 시집가 호의호식하며 고귀한 귀부인으로서 살아갈 수 있었으니 말입니다.

물론 아직도 이런 변화를 거부하고 전통적인 서큐버스의 삶을 사는 존재들도 있습니다만, 우주의 인식은 이미 빠르게 바뀐 상태입니다. 현재 서큐버스들이 최고의 신부감이라는 건, 누구도 부정하지 못하는 사실이 되었습니다.

▶ **다크엘프**

　이들은 가학적이고 이기적인, 온갖 안 좋은 심성들의 집합체와도 같습니다. 하지만 동시에 똑똑하고 결단력 있고 두려움을 모르며 교활한 장점을 지녔습니다. 만약 지저의 패자 타르나이가 없었다면 다크엘프들이 그 패권을 차지했을 것이란 말이 괜히 나온 게 아닙니다. 재기발랄하고 수완 좋기로는 다크엘프를 따를 종족이 많지 않습니다.

　오늘날 타르나이가 확립한 질서에 복종하고는 있습니다만, 언젠가 반역의 칼날을 주인에게 향할지도 모르는 존재들입니다. 실제로 음험한 모반의 기운이 언제나 이들을 둘러싼 공동체에서 흘러나오곤 했습니다. 하지만 타르나이들은 강했기에 다크엘프들은 경거망동할 수 없었습니다.

　그러나 오늘날 남매의 전쟁이라 불리는 내전이 심화되고 있고, 이들은 그 틈에서 뭔가 필요한 기회를 얻을 수 있지 않을까 사태를 주시하고 있습니다.

〈던전의 주인님〉의 세계에서 주인공은 지하를 모험합니다.

현재 이 세계의 지상에는 고대의 마법 폭주로 인해 생존이 불가능할 정도로 환경이 파괴된 극한 지대가 형성되어 있습니다.

살아남은 자들은 구름 위 비행 대륙으로 이주하거나, 땅 밑 깊은 곳으로 몸을 숨겼습니다.

현재 이 지하세계는 타르나이, 즉 주인공의 시각으로는 마족이라 불리는 자들이 패권을 차지하고 있습니다. 그러나 이 지하는 끝도 없이 넓은 곳이고 수많은 미개척지와 발견되지 않은 위험으로 가득 차 있습니다.

일단 이 세계의 알려진 부분은 4개 지역으로 구분 가능합니다.

▶ 얕은 공동

극한의 환경인 지상과 비교적 가까운 곳입니다. 이 때문에 지상에 요동치고 있는 방사능과 수소가스 등에 일부 노출되어 주민의 건강이 극히 불량합니다.

또한 방사능으로 인한 돌연변이들이 있다는 소문이 있습니다. 과거 이곳은 지상 종족과 지하 종족이 교역을 펼치는 활기찬 장소였습니다만, 이제는 지하세계의 추방자나 범죄자들이 머무는 곳이 되었습니다. 광범위한 할렘가가 형성되어 있으며 갱들의 이권 다툼이 치열하게 펼쳐집니다. 치안이란 단어는 이곳에 존재하지 않는 단어입니다.

▶ 대공동

위대한 타르나이의 왕조가 있는 곳으로 혼란이 가득한 지하세계에서도 비교적 안정된 곳입니다. 타르나이의 왕조 외에도 다채로운 종족이 어우러져 살아가고 있으며, 경우에 따라 격렬한 전투가 벌어집니다. 현재 타르나이들은 후계자 문제로 내전을 겪고 있습니다. 하지만 그들의 입지는 탄탄하기에 감히 다른 종족들이 그 틈을 노리지 못하고 있습니다.

▶ 깊은 공동

이 지하세계의 원주민이자 세계의 원시체인 헤르즐락 나낚의 땅입니다. 지하의 패자 타르나이와 격렬한 투쟁 관계를 형성하고 있습니다. 강력한 힘을 가진 헤르즐락 나낚들이지만, 부족한 마법 실력과 숫자 탓에 지저의 가장 깊은 곳으로 밀려난 상태입니다. 현재 그들은 반격을 준비하고 있으며, 이를 위해 위험한 힘을 끌어들이고 있다는 루머가 가득합니다. 헤르즐락 나낚 외에도 막강한 언데드 로드들 역시 둥지를 틀고 있으며 가장 깊은 곳에는 몇몇의 악한 신격이나 고대의 위험이 봉인되어 있다는 소문이 있습니다. 동시에 그 봉인지에는 지금으로서는 상상도 할 수 없는 훌륭한 아티팩트 역시 잠들어 있다고 합니다.

▸ **감춰진 공동**

　이 지역에 대해서는 거의 알려진 게 없습니다. 그 존재 역시 최근에야 입에 오르고 있으나, 신빙성은 그다지 없어 보입니다. 아직은 타르나이 군주들의 관심을 끌지 못하고 있으나, 좀 더 소문이 구체화된다면 군주들이 조사단을 파견할 확률도 있습니다. 하지만 가장 큰 문제는, 일단 어디에 있고 어떻게 접근해야 하는지 아무도 모른다는 것입니다.

〈던전의 주인님〉의 세계에서 몬스터 합성강화학은 아주 중요한 지식체계입니다. 여기서는 몬스터 합성강화학의 주요 개념들을 간단히 설명합니다.

▶ **영혼석**

영혼석이란 하나의 시스템입니다. 과거 오그마르 핫훔이란 위대한 타르나이의 왕이 있었습니다. 아직 타르나이가 지저의 패권을 차지해 제국을 이루기 전의 일이죠.

당시에 타르나이들은 헤르즐락 나낚이라는 지저의 세력과 맹렬한 투쟁 중이었습니다. 지하세계가 무너져 내릴 정도로 끝도 없는 싸움이 이어졌습니다. 당시 흘린 병사들의 피가 고여 호수를 이뤘다고 하는데, 아직도 그 호수가 그대로 남아 있다는 말도 있습니다.

그런데 그 시절에 헤르즐락 나낚의 사술이 타르나이들을 아주 괴롭게 했습니다. 그들이 부리는 사술은 주로 상대의 영혼에 간섭하는 기술이었습니다. 도플갱어처럼 모습을 바꾸고 들어와 분란을 일으키기도 했습니다. 해서 타르나이의 왕 오그마르 핫훔은 이 문제에 대비하기 위한 연구를 진행합니다.

일단 타르나이들의 영혼이 적에게 사로잡히지 않기 위해 보호할 필요를 느꼈죠. 그래서 최초의 영혼석은 자신의 영혼을 지키기 위한 보호구 용도로 탄생했습니다. 또한 이 영혼석 덕분에 고위 타르나이는 영혼의 냄새도 맡을 수 있었습니다. 타르나이로 변형해 분란을 일으키는 헤르즐락 나낚을 더는 걱정하지 않아도 되게 된 것이죠.

그렇게 출발한 영혼석 시스템은 확대, 발전의 과정을 겪게 됩니다. 오그마르 핫훔은 영혼석이 단순히 영혼을 보호하는 용도로만 쓰이는 걸 넘어 강력한 군대를 속성으로 양성하게 하는 데에도 유용하다는 사실을 알게 됩니다.

훌륭한 전사가 죽으면 영혼석만 옮겨서 다시 살아나게 하는 방법이 가능해졌던 것이죠. 그리고 고유 능력을 일시에 주입시키듯 각성하는 방법도 개발됐습니다.

죽어도 죽지 않는 전사와 찍어내듯 능력을 갖게 되는 전사, 이들의 물결이 지저를 휩쓴 건 두말할 나위도 없습니다. 헤르즐락 나낚은 강대했지만 끝없이 밀려드는 타르나이를 감당하기 어려웠죠. 그 외에 다른 세력들 역시 모두 타르나이에게 신종하게 되었습니다.

오늘날 이 영혼석 시스템은 타르나이 제국의 번국까지 널리 퍼져 나간 상태입니다. 대공동에 거주하는 문명화된 주민 거의 대부분이 영혼석 시스템에 편입해 있으며, 그렇지 않은 자는 '경계 밖의 자'라 불리며 천시당합니다.

영혼석은 1~9등급까지 있습니다. 물론 1등급보다 상위의 등급도 있으나 보통은 잘 알려진 분야는 아닙니다. 그리고 육체도 이에 상응하게 1~9등급까지로 나뉩니다. 이 영혼석의 등급과 육체의 등급은 서로 맞춰야 합니다. 아닌 경우에는 문제가 발생하죠.

만약 영혼석의 등급이 육체의 등급보다 낮다면 다음과 같은 문제가 생깁니다.

무기력증에 계속 시달리거나, 육체가 가진 본래의 힘을 반도 발휘하지 못합니다. 심한 경우 치명적인 결함이나 질병의 발생으로 사망할 수도 있습니다.

반대로 영혼석의 등급이 육체보다 높다면, 초월적인 힘을 낼수 있으나 육체가 금세 소모되어 버리고 맙니다. 강력한 엔진에 차체가 버티지 못한다고 생각하면 이해가 빠릅니다. 생각해 보세요. 시속 300킬로미터로 달리는 차의 외장 일부가 골판지라면 어떤 일이 발생할까요?

차체는 순식간에 분해되어 버릴 것입니다.

이처럼 영혼석과 육체의 등급을 맞춰 주는 건 중요합니다.

▶ **강화**

사용하고 있는 육체를 좀 더 강하게 만드는 방법입니다. 죽은 전우의 시체를 활용한 게 강화의 첫 출발이었습니다. 동일한 등급에 동일한 종족의 육체를 사용해 대상을 강화시킬 수 있었습니다. 그러나 전쟁이 끝나자 강화에 사용할 죽은 육체의 획득이 어

려워졌습니다. 특히 소수의 종족이라면 더더욱 힘들었죠. 그래서
탄생한 게 강화 크리스털입니다. 강화 크리스털을 이용해 좀 더
수월한 강화가 가능해졌습니다.

강화를 하면 각종 특수한 능력을 얻을 수 있고, 신체 역시 크게
향상되는 효과가 있습니다. 하지만 고등급으로 갈수록 그에 상응
하는 강화 크리스털을 얻기 어려워지는 게 문제입니다.

▶ **영혼 이식**

영혼석을 빼내서 새로운 육체에 안착시키는 방법입니다. 오주
윤은 이 방법으로 벽돌 굼벵이에서 합성 좀비로, 거기서 다시 웨
어 블랙팬서로 바뀌게 됩니다. 다만 기존의 고유 능력이나 강화
가 초기화되는 문제가 있습니다.

▶ **합성**

합성은 기존의 성질을 유지하면서 육체를 갈아타는 방법입니
다. 가령 좀비에서 천사로 옮겨간다고 할 때, 영혼 이식을 쓰면 좀
비였던 형질은 전혀 남지 않게 됩니다. 천사로 완전히 탈바꿈하
게 되는 것입니다. 반면 좀비에 천사를 합성한다면 좀비와 천사
가 뒤섞인 존재로 재탄생합니다.

▶ **메서**(Messer)

메서는 독일의 칼입니다. 나이프란 뜻이죠. 우리가 아는 수술용 메스도 메서를 어원으로 하고 있습니다. 크기나 종류는 굉장히 다양해서 메서라는 같은 카테고리에 묶어도 될지 의문스러울 정도입니다. 다만 공통점은 주로 한손으로 사용하는 외날검이란 점이죠. 파생되는 종류도 다양한데 랑게스 메서Langes Messer, 크릭스 메서Kriegs Messer, 그로스메서Grosses Messer 등이 있습니다.

원래 농부의 공구에서 출발했다고 합니다. 정글도와 비슷한 형태로 기사의 아밍소드에 비해 대강 만든 느낌이 강합니다. 독일 농부들은 이걸로 나무도 치고, 돼지도 잡고, 필요하면 호신도 했던 것이죠. 다용도의 공구라고 볼 수도 있겠습니다. 그러다 그 효율성을 인정받았고, 더 넓은 계층에 많은 사람들이 쓰게 됩니다. 나중에는 기사들도 메서를 다루게 되죠. 최후의 기사를 자처했던 신성 로마 제국의 황제 막시밀리안 1세의 근위병들도 메서를 차고 있었다고 합니다. 또한 레크흐너 같은 검술 마스터는 메서 검술만 담긴 병법서를 출판하기도 했습니다.

이래저래, 당대에 인정받은 훌륭한 무기였던 것이죠.

메서는 직관적이고 배워 익힌 뒤 다루기 쉽습니다. 활용의 범위도 넓고 위력적이며 외날이라 관리도 수월합니다. 기사의 아밍소드나 롱소드는 양날이라 두 개의 날을 관리해야 했습니다만,

메서는 외날이라 수고가 반으로 줄었던 것이죠.

▶ **바우에른베른**(Bauernwehren)

보비의 상징과도 같은 단도입니다. 부엌칼과 거의 흡사하게 생겼는데, 실제로 독일 농부들이 부엌칼 겸 호신용으로 사용하던 나이프입니다. 메서와의 차이점이라면 나겔은 있기도 하지만 크로스가드는 없다는 사실입니다. 크로스가드는 전형적인 전투형 도검의 특징으로, 이게 없다는 건 바우에른베른이 좀 더 생활 밀착형의 칼이란 방증이라 할 수 있습니다.

▶ **송곳단검**(스틸레토Stiletto)

이 단검은 송곳처럼 생겼습니다. 날이 있으나 별로 시원치 않습니다. 기사의 부무장으로, 갑주의 틈새를 찌르기에 적합한 모양새였습니다. 그 외에 암살자들이 암습을 위해 사용하기도 했습니다. 당시 의복을 보면 두꺼운 천이나 가죽 옷이 많았습니다. 해서 일반적인 나이프의 베기로는 별다른 타격을 주기 어려웠죠. 반면 송곳처럼 생긴 단검으로 찌르는 건 치명적이었습니다. 그런 이유로 이 송곳단검을 금지하는 도시도 있었습니다.

▶ **레이피어**(Rapier)

사실 레이피어란 단어가 지칭하는 칼은 꽤 범위가 넓습니다.

당대에 레이피어를 그냥 소드란 의미로 썼던 걸 고려해 봐도 말입니다. 사이드소드 같은 베고 찌르는 검 역시 레이피어에 속한다고 해도 딱히 틀린 말은 아닐 정도입니다. 그래서 우리가 일반적으로 생각하는, 찌르기 위주의 가늘고 긴 레이피어를 트루 레이피어라고 따로 칭합니다.

본문에 보면 오주윤이 저지력 문제로 보비에게 트루 레이피어를 사용하지 말라고 하는 장면이 나옵니다. 인간 대 인간의 전투에서도 저지력이 없다는 악평에 시달리는 무기가 트루 레이피어입니다. 근세기 영국의 스트리트 파이터였던 검객 조지 실버가 자신의 저서 〈패러독스 오브 디펜스〉에서 괜히 레이피어를 '더러운 암습용 무기이며, 호신을 위한 게 아니다'라고 비난한 게 아닙니다.

실제로 역사적 기록을 보면 먼저 레이피어로 찌르고도 이어진 반격에 사망한 사례들이 있습니다. 그 정도로 저지력이 없는 칼이 트루 레이피어인 것이지요.

심지어 저명한 중세-르네상스 무술 학자인 시드니 앵글로 박사는 레이피어에 관해 '모든 시대의 모든 전장에서 쓸모없었다'고 혹평했습니다.

트루 레이피어는 어디까지나 민간용 평복 전투를 상정한 물건인 것이죠. 한데 갑옷보다 딱딱한 껍질을 갖고 있거나, 덩치가 산만한 몬스터를 꼬챙이로 공격한다?

말도 안 되는, 실소가 나오는 일일 것입니다.

찌르면 폭발하는 마법 레이피어라면 또 모를까, 트롤을 트루 레이피어로 찌르면 무슨 일이 일어날지 보지 않아도 자명한 일입니다. 빠른 무기니 먼저 검을 박아 넣을 수야 있겠죠. 하지만 그 다음에는 트롤이 어금니로 사용자의 목을 물어뜯은 뒤 자근자근 씹어 먹을 게 틀림없습니다.

배때기에 그 가련한 레이피어를 꽂은 채로 말이지요.

그러니 오주윤은 보비에게 트루 레이피어를 사용하지 말라 말했던 것입니다.

▶ **사이드소드**(Side Sword)

베고 찌르기를 다 할 수 있는 검으로 중세 시대 기사들이 쓰던 아밍소드의 후계자라고 할 수 있습니다. 르네상스기에 주로 부무장용으로 사용했지요. 전대 아밍소드와 다른 건, 다소 경량화가 됐고 복잡한 스웹트 힐트 구조를 가진 게 특징입니다. 외형적으로 아름답기 때문에 좋아하는 사람들이 많습니다. 현대적 호칭으로 컷 앤 쓰러스트 소드라고 부르기도 합니다. 왜 명칭이 사이드인가 하면(다른 의견도 있지만) 사이드, 즉 옆에 부무장으로 차고 다니는 검이라서 사이드소드라고 불렀다고 합니다. 다만 어디까지나 추측일 뿐 정확한 사실은 아무도 모릅니다.

▶ **하프소딩**(Half Swording)

하프소딩은 한손으로 검신, 다른 한손으로는 손잡이를 잡고 사용하는 방법입니다. 평복 전투에서도 나름대로 사용됩니다만, 주로 대갑주전에 빈번한 기술이지요. 하프소딩을 하는 이유는 크게 세 가지입니다. 강하고 정확한 찌르기, 퍼멀과 크로스가드를 활용한 타격, 그리고 레버리지 확보를 위해서입니다.

검신을 손으로 잡아 찌르면 훨씬 큰 위력으로 정확히 갑주의 빈틈을 노릴 수 있습니다. 하프소딩의 기술들을 보면 면갑과 견갑의 틈새를 노리는 식으로 되어 있죠. 그리고 연철제의 질 나쁜 갑주라면 흉판을 직접 찔러 관통시키는 일도 도전해 볼만 합니다. 그리고 칼을 거꾸로 잡아 크로스가드나 퍼멀을 둔기처럼 활용해 내리찍기도 주요한 활용 방법 중 하나입니다.

레버리지 확보에 관해 설명해 보면, 검의 손잡이만 잡는 대신 한 손으로 검신도 쥐면 양손의 간격이 길어집니다. 이는 지렛대의 원리에 의해 더 강한 힘을 확보할 수 있다는 이야깁니다. 평복 검술을 할 때도 나보다 강한 힘을 가진 상대와 마주칠 때 아주 요긴하게 쓸 수 있습니다. 완력이 강한 적이 바인딩 뒤 힘으로 밀어붙일 때, 하프소딩을 하면 아주 간단히 견뎌 내고는 제압까지 가능한 것입니다.

작가 후기

안녕하세요,

〈던전의 주인님〉의 작가 박제후입니다.

사실 최근에 고민이 하나 있었습니다.

판타지 세계에서 영어를 쓰는 문제가 제 번민의 근원이었죠. 사실 다른 차원인 판타지 세계에서 영어가 나오는 게 말이 안 됩니다. 하지만 모두 이 부분을 그냥 넘어갑니다. 태클을 걸기에는 이미 어쩔 수 없는 일임을 알기 때문입니다.

1세대 판타지부터, 마법사들은 지구인이 아님에도 줄기차게 "파이어볼!"을 외쳐 왔습니다. 사실 이건 미국 판타지에 영향을 받은 것이기 때문임을 우리 모두가 잘 알고 있습니다.

걔들이 파이어볼 하면 자기들 언어라 문제가 전혀 없거든요. 하지만 미국 판타지를 들여온 우리 입장에서는 괴리가 생겨 버립니다. 판타지 세계의 말, 그리고 한국어, 거기에 전혀 뜬금없는 영어가 끼어들게 됩니다.

그래서 정확히 하려면 모든 단어들은 한글화를 거쳐야 합니다. 하나 그게 매우 어렵다는 건 잘 아실 겁니다. 롱소드 같은 기초적인 단어부터 모두 손봐야 하거든요. 특히 판타지가 서구를 배경으로 하고 있으니 더더욱 그렇겠죠. 롱소드야 장검이라 하면 되지만, 바이저, 비버 같은 갑주의 부분 명칭은 또 어쩌겠습니까? 솔직히 답이 없습니다. 어거지로 해낸다고 해도 하나하나 이게 무슨 단어였는지 다 설명해야 하고 글은 너무 어려워질 겁니다.

해서 저는 변명거리를 떠올려 봤습니다.

바로 〈작가 번역설〉입니다.

'판타지 세계에서 나눠지는 대화는 그네들의 언어로 이뤄지나, 작가가 이를 번역해 독자에게 제공하는 과정에서 설명의 편의와 효율을 위해 한국어 외에 영어 등의 외국어를 사용할 수 있다'는 생각입니다.

때때로 판타지 속 인물이 사자성어도 씁니다만, 이런 부분도 작가 번역설로 해결할 수 있겠죠. 그 인물은 그 세계에 맞는 언어로 고사를 인용했으나, 작가가 이를 독자의 빠른 이해를 위해 이쪽 사자성어를 사용했다는 식으로요.

이렇게 하면 이 문제를 어느 정도 해결할 수 있지 않을까요?

물론 짧은 머리에서 나온 의견인지라 허점도 있을 겁니다. 그냥 참고 정도만 해 주시길.

다음 권부터는 오주윤이 본격적인 던전 로드의 길을 걸어갑니다. 신 히로인도 등장하고요. 많이 기대해 주시길 부탁드립니다. 감사합니다.

저는 다음 권 후기에서 뵙겠습니다.

-박제후 배상

던전의 주인님 1

초판 1쇄 발행　2015년 11월 15일

저자 박제후

발행인 원종우
발행처 (주)이미지프레임

주소 (427-060) 경기도 과천시 용마2로 3, 1층
영업부 02-3667-2653　**편집부** 02-3667-2654　**팩스** 02-3667-2655
메일 admin@vnovel.kr　**웹** vnovel.kr

ISBN 978-89-6052483-5 02810　**(세트)** 978-89-6052482-8

DUNGEON MAJESTY
© 2015 Park, Jehu
Published in Korea